소심남녀
지상최대
연애사건

소심남녀 지상 최대 연애사건

1판 1쇄 인쇄 2009년 5월 10일 | **1판 1쇄 발행** 2009년 5월 20일

지은이 김전한 | **펴낸이** 임채성 · 변선욱 | **펴낸곳** 왕의서재 | **디자인** 공 존
등록 제313-2008-120호(2008년 7월 25일) | **주소** 서울시 마포구 합정동 205-7 서림빌딩 7층
전화 02-3142-8004 | **팩스** 02-3142-8011 | **카페** http://cafe.naver.com/kinglibrary
이메일 kinglibrary@naver.com
ISBN 978-89-961483-7-1 (03810) | **값** 11,000원

지금, 당신의 마음을 사랑하는 사람에게 전해보세요!
아름답고, 순결한, 당신의 사랑에 이 책을 바칩니다.

차례

소심남녀
지상 최대
연애사건

해열제

그 모든 게 배철수와 알코올 탓이었다. 그렇지 않고서야 그럴 수는 없는 일이었다.

그녀와 그가 만난 지 겨우 몇 시간 남짓이다. 그런데 어찌 그런 일이 벌어질 수 있단 말인가. 정말이지 알코올은 희한한 물건이다. 만난 지 몇 시간 만에 그의 손은 그녀의 가슴 안쪽으로 갔다. 그것도 두어 번씩이나 들락거렸다. 그 사이 그녀의 손도 그의 아랫도리를 훔쳤다. 아니 한 두 번 왔던 것 같다. 왔던 것 같다? 그래 확실하진 않지만 왔던 것 같다. 알코올이 대단하긴 하지만 명확하지 않은 게 흠이라면 흠이다. 흐릿하다는 게 알코올의 속성이다. 그렇지만 흐릿하다는 게 때로는 필요할 때가 있다. 특히 그와 그녀의 첫 만남처럼. 그 만남이 우연찮은 열기에 휩싸여 주체되지 않을 때, 이럴 때의

9

기억이란 게 또렷해서 어쩌자는 말인가. 흐릿한 게 차라리 편할지도 모르겠다. 그런데 배철수는 왜 탓 하는가?

송골매 콘서트장에서 그와 그녀는 처음 만났다. 공식 해체된 지 5년 만에 송골매는 다시 모였다. 그곳은 이대 강당이었다. 그는 초대권이 생겨서, 즉 공짜표로 그곳에 가게 되었고, 그녀는 예매 첫날 발품 팔아 구입한 표로 그곳에 가게 되었다. 처음부터 그녀는 눈에 띄었다. 콘서트 장에 혼자 온 것도 그랬지만 한눈에도 송골매의 광팬으로 보였다.

그녀는 송골매, 그 중에서도 배철수의 골수팬이었다. 삐딱하고 시니컬한 자세로 기타를 치며 노래 부르는 배철수의 몸짓을 그녀는 앉은 자리에서 그대로 흉내내며 박수를 치고 있었다. 콘서트는 송골매의 음반 발매 연도별로 진행이 되고 있었다. 실내의 열기는 점점 고조되고 보컬은 구창모에서 배철수로 넘어왔다. 걸쭉한 배철수의 음색은 절정으로 치닫고 있었다. 그는 이제 무대 위 보다 옆자리에 앉은 그녀를 보는 게 더 흥미로웠다. 배철수의 아우라에 더 이상 견디지 못한 그녀는 드디어 자리에서 벌떡 일어났다. 그리고 공중을 향해 양손을 뻗어 올리면서 박수를 치기 시작했다. 그녀의 스타트에 힘입어 몇몇 팬들이 자리에서 일어났다. 괴성이 터지고 무대와

객석의 경계는 그때부터 무너졌다. 그때, 바로 그 순간, 무대 위에서 찌지직거리는 소리가 들려왔다. 순간, 배철수가 멈칫하였다. 뿌연 연기가 무대 위에 피어올랐다. 그는 분위기를 고조시키는 스모그인 줄 알았다. 그러나 그건 전기배선이 타면서 나는 연기였다. 배철수의 몸이 뻣뻣해지더니 나무토막처럼 쿵 하고 쓰러졌다. 감전 사고였다. 비명이 터져 나오고 스태프들이 달려나왔다. 쓰러진 배철수는 구창모의 등에 업혀 실려나갔다. 그는 옆자리의 그녀 표정이 궁금하였다. 그녀는 넋이 나간 듯 멍해 있었다. 곧 이어 또 한 번 쿵 하는 소리가 들려왔다. 그녀도 객석으로 쓰러졌다. 쇼크의 동기감응이었다. 관객들의 관심은 오직 배철수가 쓰러진 데만 쏠려있었다. 그는 얼른 그녀의 뺨을 때려보았다. 그녀의 몸은 굳어 있었다. 그는 그녀를 들쳐 업었다.

그는 사람들의 웅성임 속을 뚫고 강당을 뛰쳐나왔다. 강당 앞에는 어느새 앰뷸런스의 소리가 요란하게 울리고 있었다. '옳다구나' 싶어 그는 앰뷸런스 쪽으로 달렸다. 들것에 실린 배철수가 앰뷸런스에 실리고 문이 닫혔다. 앰뷸런스는 빠르게 출발했다. 그녀를 들쳐 업은 그는 달리는 앰뷸런스를 향해 뛰었다. 앰뷸런스 기사가 백미러로 자신들을 발견해주길

간절히 바라면서 달렸지만 10초도 지나지 않아 그 소리는 완전히 사라져 버렸다. 그녀를 들쳐 업은 그는 교정을 가로질러 달렸다. 다리가 후들거리고 숨이 가빠왔다. 그는 헐떡이는 가슴을 진정시키려 잠시 멈추었다. 그때 그의 목 언저리에 따뜻한 기운이 전해졌다. 이어서 그녀의 목소리가 들려왔다.

"누구세요?"

누구세요? 라니. 죄송해요, 감사해요, 생명의 은인이신데 이 은혜를 어떻게 갚아야 할지, 까지는 아니더라도, 누구세요? 라니. 그녀의 엉덩이를 받쳐 든 깍지 낀 그의 양손가락은 스르르 풀려버렸다. 그녀는 땅바닥으로 내동댕이쳐졌다. 그녀는 부스스 몸을 일으키면서 말했다.

"배철수는 어떻게 되었나요?"

"개자식! 저 혼자 병원으로 실려 갔지요."

"개자식이라니요? 누가요?"

"누군 누구겠어요. 배철수죠."

순간, 그녀의 눈꼬리가 날카롭게 세워졌다.

"이것보세요. 함부로 말하지 마세요."

"나아 참, 그건 그렇고 괜찮겠어요? 병원에 가 봐야 되지 않을까요?"

"병원보다 어디 가서 하이네캔이나 한잔 마시면 진정될 것 같아요."

신촌 기차 역 건너편 봉봉 레스토랑에서 그와 그녀는 하이
네캔을 마셨다.

하이네캔이 여섯 병 비워지고 그녀의 얼굴은 불콰하게 올
라 있었다. 그녀는 술 마시는 내내 실려간 배철수를 걱정했
다. 그는 그녀를 위로해주었다. 내일 오후 라디오에서 배철
수의 음성을 들을 수 있을 거라고 말해주었다. 그녀는 배철수
의 데뷔곡인 〈세상 모르고 살았노라〉의 가사를 읊조렸다. 마
치 시 낭송처럼 진지했다.

가고 오지 못한다는 말은
철없는 시절에 들었노라
만수산 떠나간 그 내님을
오늘날 만날 수 있다면
고락에 겨운 내 입술로
모든 얘기 할 수도 있지만
나는 세상 모르고 살았노라

하이네캔 두 병이 추가되고 그녀는 화장실을 서너 번 들락

거렸다.

그녀의 눈 꼬리가 처지는 걸로 봐선 술기운이 확연해졌다. 그녀는 입 바람을 후후 불어 이마 위로 흘러내리는 머리칼을 불어 올리면서 그에게 처음으로 관심을 가져주었다.

"누구세요?"

대뜸, 단도직입이었다.

"저요? 문필가요."

"문필가? 그게 뭔데요?"

"글 쓰는 사람이요."

"요즘도 그걸 문필가라고 부르나요?"

"어쩐지 폼이 나잖아요. 그러는 댁은 뉘시오?"

"전 엄희자부터 천계영까지 오직 순정만화만 보는 사람이에요."

두 사람은 만화라는 징검다리를 취중 보폭으로 토닥토닥 건너면서 서로를 탐색했다.

돌다리를 중간쯤 건너왔다 싶어서 주변을 둘러보니 그와 그녀는 어느 민속주점으로 옮겨져 있었다. 만난 지 한 시간 반쯤이 지난 시간이었다. 술은 일단 하이네캔에 동동주가 얹

혀졌다. 봉봉 레스토랑에서 민속주점으로 옮긴 게 누구의 주
도였는지도 흐릿했다. 눈이 맞았다고 해야 하나? 그는 그녀
에게 자신이 구상하는 책에 관한 장광설을 늘어놓았다. 그녀
는 외대에서 아랍어를 전공했다고 말했다. 아니 말했던 것 같
다. 이미 그와 그녀는 취기의 비등점에 올라 있었다. 불과 몇
시간 전의 일들이 이어졌다 끊겼다를 반복했다.

어쩌다가 낯선 남녀가 처음 만나서 여기까지 왔는지. 그녀
는 지금 화장실 변기에다가 오늘 마신 술을 전부 토해내고 있
는 중이다. 그는 그녀의 등을 두드려 주면서 한 손은 등으로
한 손은 앞쪽을 받쳐주었다. 바로 그때 슬쩍 그녀의 가슴에
손이 간 것 같다. 가끔씩 열렸다 닫히는 화장실 문은 홀의 음
악소리를 이었다 끊어주었다. 그는 오늘의 몇 시간을 역추적
해보았다.

여차저차 그와 그녀는 말이 섞이면서 민속주점에서 서서갈
비집으로, 그곳에서 소주 두 병을 비웠다. 그는 고백하듯, 자
신은 문필가가 아니고 문필가 지망생이라고 했던 것 같고, 그
녀도 자신의 신상을 좀 더 구체적으로 밝혔다. 외대에서 아랍
어를 전공했지만 아랍 사람이랑은 한 번도 말 건네 본적이 없

15

다고 했던 것 같다. 그가, 대체 아랍어를 전공해서 어디 써 먹느냐고 했고, 그녀는 아주 정색을 하면서 한국과 아랍의 유구한 교류 전통을 장황하게 설명한 것 같다. 그와 그녀는 알코올 기운에 실려 신촌 로터리를 건넜다.

그리고 바로 지금 여기, 이곳 해열제로 온 것 같다. 해열제는 클럽 이름이다. 만난 지 몇 시간 만에 해열제로 왔다. 한 시간 정도 미친 듯이 몸을 흔들다가 화장실까지 옮겨왔다. 결국 그와 그녀는 몇 시간 만에 서로의 몸을 반쯤은 만져 보았고 한쪽은 구토를 하고 다른쪽은 그걸 도와주는 사이까지 되었다. 즉, 볼 것 다 본 사이가 돼 버렸다.

해열제라……
해열제는 열을 식혀주는 약물이다. 그런데 엉뚱하게도 이곳의 주인은 클럽 이름으로 그 단어를 가져왔다. 혹자는 이곳을 분장클럽이라 부르기도 한다. 육체가 뻗어내는 열이 아니라 마음속에 뻗친 열들을 식혀보라는 뜻이리라. 솟구친 열을 풀어내는 데는 남의 이목이 문제다. 바로 그 점에 착안하여 이곳의 출입자는 모두 분장을 하고 들어가야 한다. 분장을 하고 특별한 의상을 걸치고 남의 이목 따위 개의치 않아도 좋은 곳이다. 그런 천국이 실제로 있냐고? 물론이다.

　신촌 사거리 그랜드백화점 뒷골목으로 들어가 보자. 순대
국밥집 골목길을 따라 30여 미터쯤 걸어간다. 그곳에서 우회
전을 한다. 보살님 깃대 세운 점집들이 나온다. 보살님 골목
길에서 좌우로 뻗은 사이길 세 개를 지나면 해열제가 있다.
동네 점방 간판처럼 수수하게 자리 잡은 해열제, 분장클럽이
다. 입구엔 분장실이 있다. 두 당 2천 원이면 분장에서 의상까
지 일괄 정리된다. 그녀는 빗자루 마귀할멈으로 얼굴에 검붉
은 떡칠을 했고 그는 드라큘라로 분장했다. 분장을 마치고 선
불로 계산을 치르자 그와 그녀의 손에는 껌이 하나씩 쥐어졌
다. 그와 그녀는 껌을 씹으면서 엉거주춤 일어났다. 드라큘라
로 변한 그는 망토를 크게 펄럭여보았다. 그녀의 손에는 소품
으로 빗자루까지 쥐어졌다. 망토를 휘날리는 그와 빗자루 움
켜잡은 그녀는 실내로 들어섰다. 실내는 고막을 후려치는 음
악에 정신이 멍멍해질 판이었다. 세상의 모든 캐릭터들이 다
모여서 춤을 추고 있었다. 마돈나도 있었고, 영화 〈마스크〉의
짐 캐리도 있었고, 뿔 달린 신화속의 거인도 있었고, 머플러
휘날리는 엘비스 프레슬리, 말괄량이 삐삐도 있었다. 서로 본
모습을 알아볼 수 없으니 자유로운 건 당연지사. 드라큘라와

빗자루 마귀할멈은 다시 하이네캔을 마시면서 호흡을 가다듬었다. 음악은 록에서 뽕짝으로 건너뛰었다.

'눈보라가 휘날리는~ 바람찬 흥남부두에~ 목을 놓아 불러 봤다~ 외쳐도 봤다~ 금순아 어디를 가고~'

뽕짝이 이렇게 신날 줄은 몰랐다. 또한 록클럽에 뽕짝이 이렇게도 잘 스며든다는 게 희한했다. 얌전하게 앉아 이마위로 흘러내리는 머리칼을 입바람으로 휘이 불어 올리던 마귀할멈의 눈빛이 반짝였다. 그녀는 드라큘라의 손을 덥석 잡으면서 무대 쪽으로 달려갔다. 금순이의 리듬에 막춤이 실렸다. 마시면서 춘다. 추면서 마신다. 누가 누구인지 얼굴을 분간할 수도 없다. 기분 나면 상대의 엉덩이쯤은 슬쩍 건드려도, 아니 노골적으로 톡톡 두드려주어도 누구 하나 시비 걸지 않는다.

왜냐하면 여긴 클럽 해열제이기 때문이다. 다시 한 번 왜냐하면, 여긴 바로 분장클럽 해열제이기 때문이다. 해방구가 따로 없다. 해열제라구? 열 가라앉히기는커녕, 이곳에서 10분 정도 날뛰고도 열 오르지 않으면 그건 인간이라 할 수 없다. 마릴린 먼로가 가시 면류관의 예수와 엉켜서 춤을 추고 있다. 그 사이로 엘비스 프레슬리가 끼어들었다. 모두들 저마다의 동작으로 일말의 통일성도 없이 제각각의 몸동작에 빠져있다.

그들 사이의 공통점은 모두가 껌을 씹고 있다는 것이다. 아마도 이 공간에선 껌을 씹지 않으면 쫓겨난다는 불문율이 있는 것 같다.

 팥쥐로 분장한 서빙하는 여자도 질겅질겅, 서부 건맨도 질겅질겅, 모두의 입놀림이 불량스럽다. 오직 빗자루 마귀할멈, 그녀만이 오물오물 씹고 있었다. 음악은 다시 이박사의 메들리로 이어지다가 삐삐밴드의 〈유쾌한 씨의 껌 씹는 방법〉으로 넘어갔다. 오물거리며 껌을 씹던 그녀의 입술이 점점 불량스러워진다. 오물거리던 입술은 질겅질겅으로 바뀐다. 그녀의 발동작에 리듬이 실린다. 손에 쥔 맥주를 단숨에 들이킨다. 그리곤 손에 든 맥주병을 들어 흔든다. 하이네캔이 새로 와서 그녀의 손에 잡히고 그녀는 다시 들이킨다.

 그녀는 전진 후진…… 흐느적거렸다. 춤을 추자는 건지 정신 차리자는 건지 구분이 안 갔다. 흐느적이던 그녀, 음악에 맞춰 목 운동을 가볍게 하면서 어깨를 슬쩍 들썩이더니 차츰 앞으로 나아갔다. 동작이 차츰 에로틱해졌다.

 잘 다듬어진 테크닉이 아니다. 어설퍼 보인다. 막춤이다. 사방팔방 두 손, 두 발, 목, 허리, 엉덩이가 완전히 따로 논다. 그런데도 파워가 넘친다. 보고 있으면 갑갑한 속이 뻥 뚫리는 것 같다. 그러다가 그녀의 불쾌한 얼굴이 하얘졌다.

지나친 과음은 꼭 불상사를 불러오는 법. 미친 듯이 몸을 흔들던 그녀가 딱 멈추었다. 그녀의 두 손이 입을 딱 막고 두 눈을 반짝이며 어쩔 줄을 몰라 했다. 그는 주변을 재빠르게 살폈다. 화장실 입구가 코너 쪽에 보였다. 그는 그녀를 부축하고 그녀는 자신의 입을 틀어막았다. 두 사람은 화장실로 달려갔다.

　변기 앞에서 그녀의 손이 입에서 떼어지는 순간, 쫘르르르 토사물이 쏟아졌다. 그는 그녀의 입을 헹구어주고 등을 두드려주었다. 그녀는 화장실 바닥에 퍼질러 앉은 자세로 변기에 등을 기댔다. 눈가엔 악어눈물이 맺혀있고 그는 티슈로 그녀의 눈물을 닦아주었다. 동동주, 소주, 하이네캔, 이 황금의 혼잡주는 그녀의 몸속에서 역류현상을 일으켰다. 여자로선 이 이상 남세스러울 수 없는 상황이다. 헌데 그와 그녀는 어쩐 일인지 웃음이 실실 나왔다. 실실 웃다가 웃음소리가 점점 더 커졌다. 그러다가 그녀의 속이 울렁거리면서 다시 한 번 구토물을 쏟아냈다. 그는 세면대에 물을 틀어 그녀의 입가를 닦아주고 등을 또다시 토닥거려주었다. 한손은 등으로 한손은 가슴 쪽에 가 있었다. 그는 그녀의 블라우스 안쪽으로 저도 모르게 손이 들어갔다. 거유다. 클 거, 젖 유! 그녀의 가슴은 엄청나게 거대했다. 소심한 그가 난동에 가까운 그녀의 춤추기에 장단을 맞추는 것은 힘든 일이었다. 그녀의 토사물 뒤처리 또한 즐거운 일은 아니었다. 일진의 운세로 따지면 8할은 재수 옴이었다. 지금 거대한 가슴에 손을 얹게 된 건 2할 정도의 즐거운 보너스다. 그런데 문제는 이 2할의 보너스가 8할을 압도하는 즐거운 일인 걸 어떡하나. 그녀의 젖꼭지를 손가락으로 살살 굴리는데 그녀가 몸을 움찔했다. 그는 얼굴이 붉어졌고 그녀는 길게 한숨을 내쉬며 중얼거렸다.

"하아, 알코올은 힘이 세다. 그죠오?"

그녀는 그 한마디를 하고는 다시 고개를 푸욱 꺾었다.

사실, 그도 술기운에 아랫도리가 후들거리기는 마찬가지다. 그녀는 변기에 등을 기대고 잠이 들었고 그도 변기에 등을 기대고 퍼질러 앉아 있었다.

가슴에 손을 넣어봤다. 별다른 저항이 없었다. 입술을 덮쳐볼까? 헹궈냈다고는 하지만 구토물 찌꺼기가 남았을지도 모른다. 그는 그녀를 자신의 가슴 안쪽으로 당겨보았다. 그녀의 머리가 그의 사타구니 쪽으로 향했다. 이게 또 웬일인가. 그녀의 입이 그의 바로 그 지점에 딱 멈춰있다. 갑자기 그녀의 머리가 거기에 쿵 하고 부딪혔다. 끊어질 것 같은 아픔이 느껴졌다. 물론 즐거운 아픔이다.

　원나이트 스탠드.

　술자리에서 누구나 한번쯤은 있음직한 그런 얘기들을 들을 때 마다, 그는 장탄식을 하지 않았던가. 복도~오…… 복~도……. 그 흔하디 흔한 일이 왜 나한테는 한 번도 없었던 걸까. 그는 정신을 바짝 모아 올렸다. 이런 걸 천제일우라고 했던가. 사내로 태어나서 10년에 아니 50년에 한 번 올까 말까 한 황금벼락 맞은 날이 아닌가. 이제 그의 머리엔 현실적인 난관들이 휙휙 지나갔다. 여자는 잠이 든 것 같다. 깨워서 부축하여 부근 여관으로 갈 것인가. 아니다. 깨우면 제정신이 들것이다. 제 정신이 들면 스스로 민망해 도망칠 가능성이 높다. 그럼 그냥 들쳐 업고서 부근 여관으로 바로 입성을 할 것인가. 다행이다. 이곳은 신촌이다. 널린 게 여관이고 깔린 게 모텔이다. 업고서 30미터만 달리면 어디나 내 집인 것이다.

　아니다. 그건 강간보다 더 치사한 짓이다. 이 여자의 모양새를 봐선 살살 구슬려서 들어갈 수도 있을 것이다. 깨울까 말까 망설이는데 그녀가 고개를 돌렸다. 그녀는 부스스 몸을 일으켜 세웠다. 아무래도 정신이 들려고 하는 것 같다. 그는 순간 이 몽롱한 리듬을 끊어서는 안 된다 싶었다. 찜찜함이고 뭐고 생각할 겨를이 없었다. 일단 그녀의 입술을 덮쳤다. 입안이 시끌벅적하기는 그녀나 그나 마찬가지다. 조미 오징어, 서서 갈빗살과 소주, 하이네캔과 땅콩들. 그는 입안을 열어보려 했지만 그녀의 입술마저도 취해 있었다. 그녀는 그저 입술만 내어주고 있을 뿐이다. 그러나 그는 다행이라 여겼다. 입술을 거부하지 않는다는 것만으로도 가능성이 있는 것이었다. 그는 입술은 입술대로, 손은 가슴으로 열심히 그녀의 잠든 불씨를 일으켜 보려 몸을 움직였다. 그때 뚜탕탕 거리는 음악소리가 크게 들려왔다. 화장실 문이 열렸다. 누군가가 화장실 안으로 들어왔다. 엘비스 프레슬리가 그와 그녀를 내려다보고 있었다. 아무리 분장을 했다고는 하지만 그리 떳떳한 모습은 아니다. 엘비스 프레슬리는 알만하다는 듯 빙긋 웃더니 나가버렸다. 그제야 그녀도 눈을 게슴츠레 떴다.

"아하, 힘들어."

그는 때를 놓치지 않았다.

"우리 어디 들어갈까요?"

"어디요오~~?"

"뭐~어, 좀 편히 쉴만한데."

일탈

  그는 그녀의 손을 잡아끌었다. 무엇이 그리 급했던지 그녀의 손을 잡고서 막 달렸다. 그와 그녀 앞에 청운장이라는 여관 간판이 보였다. 청운장 간판 아래서 그와 그녀는 숨을 고르며 멈춰 섰다. 그는 지나온 시간을 되짚어봤다.

  현재 시간 10시 3분. 콘서트 장에서 처음 본 게 오후 4시쯤 이었나? 6시간 만에 처음 만난 여자와 여관 앞까지 왔다. 이 상황은 대략 20년은 우려먹어도 좋을 영웅담임에 틀림없다. 가슴이 떨려온다. 살아생전 자신에게도 이런 날이 있다니. 그의 어깨에 자신감으로 가득 찬 힘이 들어갔다. 그는 자신의 손에 잡힌 그녀의 손에 힘을 잔뜩 주고 걸음을 앞으로 옮겼다. 그 순간, 그녀의 손에도 힘이 들어가면서 뒤쪽으로 당기는 느낌이 들었다.

그는 그녀를 의아하게 보았다. 그녀가 잠시 고개를 숙이면서 웅얼거린다.

"저어…… 저는요…… 사실……."

"네에? 왜요?"

"저어…… 사실은요…… 저는 그런 여자 아니거든요."

그녀의 손이 그의 손에서 슬며시 빠져나갔다. 하아, 참, 가슴이 답답해왔다. 교과서에 나온 시가 떠올랐다.

'고지가 바로 저긴데 예서 말 수는 없다.'

그녀는 고개를 숙이고 멈춰섰다. 그리고 다시 웅얼거렸다.

"저어 사실은…… 오늘 우리 처음 만났고…… 저는 사실 이런 여자도 아니고요."

아까 잠들었을 때 업고 달리는 건데. 머릿속에는 감언이설의 단어들이 지나가는데도 입이 열리지 않았다.

"저어 그래서, 오늘은 그냥 집에 가고요."

그는 생각과는 달리 엉뚱한 말을 뱉었다.

"그 그러세요. 그럼, 할 수 없죠, 뭐."

그녀는 입술을 자꾸 안쪽으로 말아 넣으면서 뭉그적거렸다. 그도 어쩔까 망설였다. 그녀가 발길을 돌리고 그는 여자의 손을 다시 한 번 잡았다. 그와 그녀는 청운장을 등지고 골목길을 빠져 나오고 있었다. 청운장이 멀어지고 있었다. 그

간판을 보지 않아도 점점 멀어지는 아쉬움이 영상으로 픽픽 지나갔다. 10미터, 20미터, 30미터, 되돌아 올 수 없는 청운장. 골목길이 꺾어지면 청운장의 간판은 영원히 볼 수 없으리. 그렇게 허탈하게 걸어나오는데, 그녀의 손은 그의 손안에 여전히 맡겨져 있었다. 그는 골목길을 나오다가 몸을 휙 돌려 그녀를 꽉 안아보았다. 그리고는 그녀의 입술을 다시 한 번 덮쳤다.

어럽쇼?

그녀는 입술뿐만 아니라 입안을 열어주었다. 그의 혓바닥이 그녀의 입안으로 밀려들어갔다.

그는 절망에서 다시 희망을 느끼기 시작했다. 그는 그녀를 벽 쪽으로 밀어붙였다. 그녀가 준 또 한 번의 기회를 놓칠 수는 없었다. 숨소리가 가빠졌다. 그녀는 상체를 심하게 비틀고 있었다.

"저어기, 자, 잠깐만요."

"괜찮아요. 좀만 더."

"아니, 그게 아니라……."

"괜찮아요. 이럴 땐 그냥 남자가 하는 대로 그냥 맡겨두는 게……."

"아니, 등 뒤에 벽돌이……."

그녀는 그를 밀쳐내면서 어깨를 움츠렸다. 그녀는 몹시 아픈 표정을 짓고 있었다. 그녀가 등을 기댄 벽에는 벽돌이 튀어나와 있었다.

"미안해요. 전 그것도 모르고."

제길, 엉뚱한 게 또 리듬을 끊어버렸다. 그녀의 발걸음이 잠시 휘청했다. 휘청거리는 걸 보자 그는 다소 안심이 됐다. 리듬은 끊겼지만 술기운은 아직 남았다는 증거였다. 술기운이 남아 있다는 건 아직까지 일탈이 유효하다는 증거이기도 하다. 그는 다시 그녀의 손을 잡았다. 그녀는 손 정도는 이젠 순순히 내주었다. 그는 그녀의 손등에 후우 하고 입김을 불어주었다. 그러자 그녀가 그의 손등에 살짝 입맞춤을 해주었다. 그는 다시 그녀의 입술 쪽으로 자신의 입술을 옮겨갔다. 그녀의 숨소리가 다시 가빠짐을 느낄 수 있었다. 그는 그녀의 목덜미로 입술을 옮겨가다가 문득 그녀에게서 몸을 뺐다. 그리고 그녀에게 진지하게 청했다.

"우리 이러지 말고, 어디 들어가요?"

그녀는 그저 고개만 숙이고 있다. 그가 다시 재촉했다.

"우리 길거리에서 이러지 말고요. 몸도 피곤한데, 좀 편한 곳으로 들어가요?"

그녀는 고개 숙인 채 입 바람을 불어 이마로 흘러내리는 머리칼만 날렸다. 그는 다시 애절하게 반복했다.

"네에, 들어가자구요?"

그제야 그녀는 고개를 천천히 끄덕였다.

"아까, 거긴 말고요."

그의 입이 환하게 찢어지면서 그녀의 손을 잡았다.

"그래요. 여관이 어디 거기뿐인가."

바빠진 그의 발걸음이 그녀의 손목을 이끌고 골목길을 다시 달렸다. 골목을 벗어나자 도로 건너편에 '용궁장'이라는 여관 네온사인이 보였다. 그녀는 육교를 건너려고 했고 그는 육교 아래로 달렸다. 달리던 차들이 놀라서 멈춰 섰다. 곧이어 사람들의 욕설이 들려왔다.

용궁장은 도로 건너편 언덕위에 있었다. 그와 그녀는 헐떡이며 언덕을 달려 올랐다. 이제 용궁장 바로 앞, 5미터 전방까지 왔다. 두 사람은 잡은 손을 놓고 헐떡이는 숨을 고르고 있었다. 여자는 여자대로 입을 앙 다 물고 결심을 굳히고 있는 표정이었다. 연신 입 바람을 불어 이마위로 흘러내리는 머리칼을 불어 올리고 있었다. 그가 그녀의 손을 잡고 용궁장 입구로 발걸음을 옮기려는 순간, 바로 그때 용궁장의 출입문이 열렸다. 마치 누군가 그들을 지켜보고 있다가 문을 열어주

는 것 같았다. 그러나 그건 착각이었다. 열린 출입문에선 퇴
장하는 다른 남녀의 모습이 보였다. 50대의 남자와 20대의
여자가 그곳에서 나오고 있었다. 적절하지 않은 함수관계다.
그러나 50대와 20대는 너무나 당당하게 팔짱을 끼고 나오고
있었다. 50대와 20대는 그와 그녀 쪽을 지나쳐 내려갔다. 순
간 그녀는 무엇에 데인 듯이 화들짝 놀라며 고개를 숙였다.

　그는 별 생각 없이 혼자서 출입문을 향해 들어갔다. 그가
들어가고 나서도 그녀는 여전히 그 자리에 서서 고개를 숙이
고 있었다. 출입문 안쪽으로 들어섰던 그는 잠시 기다리다가
다시 나왔다. 그녀는 언덕 아래로 내려가고 있는 적절하지 않
은 함수의 뒷모습을 보고 있었다.

　"아는 사람이에요?"

　"아뇨?"

　"들어가요."

　"저, 혹시 결혼하셨어요?"

　결혼? 참으로 난데없다. 그는 피식 웃으면서 대답했다.

　"이럴 땐 미혼이라고 해야겠지요?"

　"……."

　"……."

　"다른 곳에 가면 안 돼요?"

"왜요?"

"여관 주인이 우리를 어떻게 생각하겠어요?"

"어떻게 생각하는데요?"

"조금 전 그 사람들 부류로 볼 것 아녜요"

"그 사람들이 어떤 부류인데요?"

"그냥요, 왠지……. 하여간 그런 부류로 생각할 거 아녜요."

그는 속으로 욱하는 마음과 함께 소리치고 싶었다.

'나 이제 겨우 서른도 되지 않았어! 내가 50대로 보여?'

하지만 그는 아무 말도 못하고 한숨만 푸욱 내쉬었다.

"그럼, 다른 데로 갈까요?"

그녀는 대답대신 이마위로 흘러내리는 머리칼만 푸후~푸후 불어 올리고 있었다.

그래 다른 데로 가지 뭐. 신촌의 밤, 널린 게 여관이고 깔린 게 모텔인데.

가랑비

그의 손은 이제 그녀의 어깨에 자연스레 걸쳐져 있었다. 골
목길에 들어서면서 꺾어지는 길에서 그녀의 몸이 그에게 밀
착됐다. 뭉클한 그녀의 가슴이 밀려왔다. 그는 시계를 보았
다. 10시 37분이다. 만난 지 6시간 남짓이다. 이게 어딘가.
이 정도라도 20년은 아니지만 15년 정도는 우려먹을 얘깃거
리는 되고도 남는다.

골목의 모서리를 돌아서니 '춘희장'이라는 간판이 보였다.
그와 그녀는 네온의 간판을 올려다보았다. 그저 올려다본 게
아니었다. 너무나 먼 길을 돌고 돌아온 길이었다. 춘희장은
거의 우러러 보였다. 물론 그만의 심정일지도 모르겠지만.
그는 그녀쪽으로 시선을 돌려보았다. 그리고 다짐하듯, 이젠
정말 들어갈 거죠? 라는 표정을 지어보였다. 그녀도 동의하

는 눈빛이었다. 그녀는 심호흡을 몰아쉬며 여관 입구까지 저벅저벅 걸어갔다. 춘희장의 출입문을 1미터 앞두고, 그가 먼저 계단을 오르는데 그녀의 발길이 멈칫했다.

"왜요? 건물이 너무 낡았어요?"

"그것보담도 이름이 너무 싸구려 냄새가 나서."

"춘희가 어때서요?"

"그냥, 어쩐지 춘희란 게."

"여관 주인 딸이 춘흰가 보죠 뭐."

"외국 오페라에서 막 노는 여자로 나오는 그 춘희도 떠오르고."

"하아 참, 까다롭네. 다른 데로 갈까요?"

그녀는 가만히 고개를 숙였다. 이젠 입 바람으로 머리칼을 날리지도 않았다. 아까는 그녀의 그 행동에 신경이 거슬렸는데 그나마도 하지 않으니 더 불안해졌다. 그는 그녀의 대답을 기다렸지만 그녀는 아무 말도 하지 않았다. 이럴 때의 1, 2초는 백만 년의 시간처럼 아득하다. 그녀가 한참만에야(그래봤자 3초 정도 후였지만) 입을 달싹였다.

"다리 아파요."

"그럼 들어가요."

그제야 그녀도 계단 위로 발을 옮겼다. 다섯 개의 계단을 지나 출입문을 열려는 순간이었다. 그녀는 그의 손을 놓으며 자신의 핸드백을 뒤져 지갑을 꺼냈다.

"이런 덴 얼마죠?"

"아마 2만 원 정도? 아니 3만 원? 그런데 왜요?"

그녀는 3만 원을 그에게 건네주었다.

"이걸로 계산하세요."

"내가 낼게요."

"싫어요, 이걸로 내세요."

"하아, 참. 내가 낸다니까요?"

그녀는 생긴 것과는 딴판으로 황소고집이었다.

"이걸로 내세요."

그는 어쩔 수 없이 그녀의 돈을 받아 쥐었다.

"자, 이제 들어가요."

"잠깐만요."

"……."

"정말 미혼이세요?"

할 말이 없었다. 자신이 그렇게 늙다리로 보이나 싶어서 억울할 따름이었다.

"하아 참, 자꾸 물으니까 나도 잘 모르겠어요."

"미안해요. 드라마를 너무 많이 봤나 봐요. 원래…… 난 이런 여자 아닌데……."

"알아요."

"뭘 알아요?"

"그런 여자 아니라는 거. 들어가요."

바야흐로, 가까스로, 억겁창생의 문이 열리듯, 그와 그녀는 여·관·문·을·밀·고·들·어·갔·다!

춘희장의 접수대에는 병아리 콧구멍만한 문틈이었다. 그녀는 입구 쪽으로 고개를 돌리고 서 있고 그는 빠끔히 열린 문틈으로 고개를 숙였다. 그는 너무나 감격스러워 음성이 떨려왔다.

침착해지자, 침착해지자. 그는 속으로 자신을 다독이며 조용히 주인을 불렀다. 이리 오너라아~~의 현대판 번역어인 바로 그 말.

"방 주세요."

미닫이문이 조금 더 열리면서 50대의 여주인이 물었다.

"쉬었다가……."

아마도 쉬었다가 갈 것이냐 자고 갈 것이냐를 물으려는 것 같았는데, 쉬었다가에서 말허리가 딱 잘렸다. 여주인은 그를 올려다보았다. 헌데 그 표정이 심상찮았다. 이때 입구 쪽으로 고개 숙이고 있던 그녀와 여주인의 시선이 마주쳤다.

여주인은 흠칫 놀라는 표정이었다. 여주인은 이번엔 그의 얼굴을 다시 한 번 올려다보았다. 여주인은 키 막대를 내주는 대신 손으로 휘이휘이 저었다. 그와 그녀는 무슨 뜻인지 이해가 되지 않았다. 여주인은 나가달라는 손짓을 하고는 문을 탁 닫아버렸다. 이게 무슨 일이람. 돈도 있고, 미성년자도 아닌데. 돌림병환자도 아니고 부랑자 꼴은 더더욱 아닌데. 대한민국 표준형의 청춘남녀인데. 왜, 왜, 왜, 도대체 왜?

별 다섯 특급호텔도 아닌 것이, 왜, 왜, 대체 왜 우리를 쫓아내지? 그와 그녀는 멍하니 서로의 얼굴을 바라보았다. 춘희장, 어떻게 해서 여기까지 왔는데. 금방이라도 울음이 터져나올 것 같았다. 이때 접수대의 작은 문이 빠끔 열리면서 뭔가가 파사삭~~ 뿌려지고 있었다.

문이 다시 탁 닫혔다. 소금까지 뿌려졌다. 횡액이다. 그녀가 다가와 손을 잡아주었다. 그의 표정이 너무 당황스럽고 울상이 되어 있었기 때문이다. 뭔 일인지 알 수 없었다. 그와 그녀는 손을 맞잡고 출입문 쪽으로 발길을 옮겼다. 발길이 옮겨지면서 춘희장 입구에 걸린 대형 거울 속에 그와 그녀가 비쳐졌다. 두 사람은 거울 속의 자신들을 보았다. 오 마이 갓! 아뿔싸~! 두 사람은 거울을 보고는 기절할 뻔 했다. 거울 속엔 분장을 지우지 않은 드라큘라와 마귀할멈이 나란히 서 있었다. 눈가엔 땀에 섞인 핏물이 줄줄 흘러내리고 있는 드라큘라와 눈자위가 십리쯤 벌겋게 움푹 들어간 마귀할멈이었다. 해열제에서 급하게 나오느라 의상만 벗어던지고 분장 지우는 걸 깜빡한 것이다. 누가 봐도 정상적인 남녀는 아니었다. 쫓아낸 춘희장 주인을 원망할 일이 아니었다.

춘희네 집을 나오니 골목엔 가랑비가 촉촉이 내리고 있었다. 초겨울의 가랑비였다. 골목 전봇대에 걸린 가로등이 보였다. 가로등 불빛이 내리는 빗방울을 비쳐주었다. 그와 그녀는 전봇대 아래에 서서 잠시 하늘을 올려다보았다. 가랑비의 굵기가 조금씩 굵어지면서 빗방울이 후두둑거렸다. 빗방울은 그와 그녀의 볼을 타고 내렸다. 그녀는 핸드백에서 티슈를 꺼내 그의 얼굴을 닦아주었다. 그도 옷소매로 그녀의 얼굴을 닦아주었다. 그와 그녀의 얼굴은 빗방울과 티슈로 닦여지면서 차츰 차츰 원래의 얼굴이 드러났다. 그는 습관적으로 시계를 보았다.

10시 58분이다. 그와 그녀가 만난 지 6시간이 지났다. 6시간을 함께 했지만 서로의 얼굴은 마치 처음 보는 것 같았다. 비내리는 어둠 속으로 비치는 가로등의 불빛이 따뜻하게 내려앉았다. 술기운은 증발했고 서로의 눈빛은 조금씩 맑아졌다. 가로등 불빛의 안온함이 얼굴 안쪽에 있는 서로의 마음을 비춰주는 것 같았다.

그와 그녀는 서로의 얼굴을 찬찬히 들여다보았다. 그녀의 작고 앙증맞은 입술이 쑥스러움에 오물거리고 있었다. 그는 그녀에게 이렇게 말했다.

"가만히 보니, 참 이쁘게 생겼네요."

그녀의 입술이 방그레 해지면서 그를 올려다보았다. 그의 얼굴도 가로등 아래로 드러나 보였다. 그의 순하고 깊은 눈자위가 그녀를 바라보고 있었다. 그리고 그녀는 그에게 이렇게 말했다.

"그쪽, 참 착하게 생겼네요."

파하하하하~ 웃음소리가 비내리는 골목길에 번져나갔다. 누군가의 장난처럼 전봇대 가로등이 퍼억 꺼져버렸다. 난데없는 암전이었다.

동업

영감이란 건 쨍한 햇살 아래서 오지 않는 법이다. 영감은 어둠을 뚫고 온다. 그 난데없는 어둠, 상황의 진공상태에서 그의 뒤통수는 해머가 내리치는 충격에 휘청였다. 무슨 영감이냐고? 그의 인생을 바꿀만한 거대한 프로젝트가 그 순간 물밀 듯이 밀려온 것이다. 어둠 속에서 그는 그녀의 손을 불끈 잡으면서 말했다.

"혹시 〈미슐랭 가이드〉라고 들어보셨나요?"

어둠 속에서도 그녀의 새치름한 눈빛은 빛나고 있었다.

"아뇨?"

"제가요, 방금 굉장히 좋은 작품이 떠올랐거든요. 우리 어디 들어가서 얘기 좀 나눠요."

"아무래도 우린 만난 지 얼마 되지도 않았고, 오늘은 또 여러 가지로 어쩐지 잘 안 맞고…….”

“그게 아니라, 어디 포장마차라도 가요. 가서 얘기 좀 해요.”

그는 그녀의 손을 붙잡고 뛰듯이 걸었다. 그의 가슴은 터질 듯이 부풀어 올랐다.

이제 인생의 고난은 끝나고, 비밥바룰라의 프롤로그만 있을 것 같았다.

그와 그녀는 신촌 굴다리 아래 실내 포장마차로 들어가 소주를 시켰다.

그는 소주 한잔을 쭈욱 들이키더니 장대한 프로젝트를 설명하기 시작했다.

“자아, 들어보세요!”

“네에, 들어볼게요.”

“여관 많이 가봤어요?”

“네에.”

“언제요?”

“바로 오늘요.”

“그런 거 말고요.”

“대학 MT 때 민박집 간 게 마지막인데요.”

"그런데 오늘은 왜 가고 싶었어요?"

"……."

"부끄러워 말고 말씀해 보세요. 네에?"

"호기……심……이 가는 곳이잖아요."

"그렇죠? 호기심이 가지요?"

"네."

"저어기, 그쪽 그런 여자 아니라고 했죠?"

"네."

"그런 여자 아니라도 그런 곳엔 호기심이 가죠?"

"네."

그렇잖아도 길게 찢어진 그의 입은 귀밑까지 걸렸다. 그는 손가락을 투웅 튕기면서 소리쳤다.

"바로 그겁니다."

"뭐가요?"

"저 이걸로 소설가 지망생 딱지는 뗄 것 같아요. 재밌는 얘기가 떠올랐거든요."

"어떤 이야기요?"

"여관이야기요."

"근데 왜 그걸 저한테 얘기하죠?"

"바로 아까, 그 영감을 그쪽이 나한테 줬잖아요."

"난 그쪽 이쪽이 아니고 송이예요."

"네에, 송이 씨. 오늘 말예요, 여관을 몇 군데 다녀보니까 모두들 저마다의 개성이 있더라고요. 도심 속의 여관이란 게 다 비슷비슷한 것 같지만 결코 그렇지가 않다는 거죠. 병아리도 감별사가 있고 포도주도 맛보는 직업이 있고, 레스토랑도 등급 매겨주는 게 있는데……. 요즘엔 영화도 별표를 달아주잖아요. 그런데 왜 여관은 감별사가 없는 거죠? 살아가면서 여관 한번 가보지 않는 사람이 어디 있겠어요. 그건 왜 평론가…… 평론가? 음 그건 좀…… 과장되었고…… 뭐 길잡이, 그래 그게 적당하네요. 왜 여관은 길잡이가 없느냐 말입니다. 아까 그쪽하고 여관 앞까지 갔다가……."

"전 이쪽저쪽이 아니고 오송이라니까요."

"네에, 오송이 씨. 바로 송이 씨처럼 예민하신 분은 여관이 그저 여관이 아니라는 거죠. 여관 앞까지 갔는데 이래서 안 된다 저래서 안 된다, 그게 다 이유가 있다는 거죠. 그 이유가 뭘까? 어떻게 하면 여관을 편하게 들어갈 수 있을까? 듣고 있나요?"

"네에~ 말씀 계속 하세요."

"그래서 당신의 그 예민하고 섬세한 시선과 나의 글빨로 우리 사회의 새로운 여관문화를 창출할 길잡이를 만들어 보자는 거죠."

"그래서요?"

"여관을 순례하는 겁니다. 아주 허접한 여인숙에서부터 장급 여관, 모텔, 호텔 등 모든 숙박업소를 용도에 따라 소개해주는 실용서를 만들자는 거죠."

그는 고개를 앞뒤로 젖히고 침을 튀기고 손을 저으면서 지껄였다. 그녀는 자신의 볼로 튀겨오는 그의 침을 피하느라 바빴다. 그가 열심히 지껄이고 있는 모습이 어쩐지 귀엽게 느껴졌다.

"자아, 송이 씨 다시 정리해볼게요. 길거리 아무데나 나가서 딱 멈춰 서 보세요."

그녀는 꿈꾸듯 눈을 감으면서 대답했다.

"네에, 어떤 길거리에 딱 멈춰 섰어요."

"눈을 뜨고 사방을 둘러보세요."

그녀는 눈을 떴다가 다시 감으면서 고개를 휘익 돌렸다.

"뭐가 보이세요?"

"아무것도 안 보이는데요."

"하아 참, 교회 십자가랑 여관 간판이 그 어디쯤 분명히 있지 않아요?"

"네에, 그래요. 교회랑 여관은 어디에나 있지요."

"바로 그거예요. 여관을 필요로 하는 수많은 청춘들을 위한 매뉴얼을 만드는 거예요.

자아, 처음 만난 남녀가 그곳에 가자는 말을 어렵게 어렵게 꺼내긴 했는데 막상 들어가려니 참 어색하죠, 그렇죠?"

"네에, 좀 그랬어요."

"자아, 그럴 땐 말입니다. 방배동의 그 뒷골목에 있는 모모 여관으로 가 봐라."

"네에, 그런 안내서가 있다면 정말 좋을 텐데."

"자아, 그와 그녀가 말입니다, 이젠 그곳에 들어가자는 말은 자연스럽게 나눌 수 있는 사이가 되었다 칩시다. 그럴 경우 이젠 서비스를 찾게 되겠죠. 어떤 업소가 분위기가 편한가, 혹은 어떤 동네에, 어딜 가면 어떤 조바가 있는데, 이 조바의 장점은 손님의 얼굴을 똑바로 쳐다보지 않는다. 숨겨놓고 싶은 사랑을 나눌 때는 절대 손님을 쳐다보지 않는 상계동 상계여관 김씨 조바 아줌마를 찾아라. 또 그와 그녀가 이젠 탐색전은 완전히 끝났고 본격전으로 들어섰다면, 아 죄송합니다."

"아뇨, 재밌어요. 계속하세요."

"아니 뭐, 그렇다는 거죠. 그런 다양한 상황과 입장에 따라 선호하는 여관이 다 다를 게 아닙니까. 그래서 그 매뉴얼에 여자의 입장과 남자의 입장을 모두 담는 겁니다. 남자로서는 잘 모르는 여자의 입장이 있을 테고, 또한 반대 경우도 있을 테니까요. 어때요?"

"뭐가요?"

"잘 팔리겠냐고요?"

"잘 팔릴지 어쩔지는 모르겠는데, 저 같으면 한 권 사서 볼 것 같아요."

"그럼 됐어요. 송이 씨처럼 순. 수. 하신 분까지 살 의향이 있다면, 이건 대박이에요."

"전 순수하지 않아요."

"에이 순수하신 것 같은데요, 뭐."

"별로 순수하지 않다니까요."

"아, 알았어요. 순수하지 않은 송이 씨! 프랑스에 미슐랭 가이드라는 게 있어요. 레스토랑을 돌아다니며 등급을 매겨 주는 가이드 책자죠."

"네에 들어본 것 같아요."

"그 책이 새로 업그레이드될 때가 되면 프랑스의 식도락가들과 요리사들은 엄청난 흥분과 기대에 들끓게 되죠. 왜냐하면 프랑스에선 너나없이 모두 먹는데 관심이 무척 많기 때문이에요. 그 누구도 요리로부터 자유롭지 않다는 거죠. 근데 우리나라 청춘남녀들 치고 여관으로부터 완전히 자유로운 이들이 몇이나 될까요?"

"여관판 미슐랭 가이드?"

얼쑤! 부창부수의 조짐은 이렇게 시작되었다.

"바로 그거죠. 여관을 전전하는 남녀 커플의 캐릭터가 등장하는 겁니다. 그래서 여자 입장과 남자 입장에서 그 여관의 미덕과 약점 등을 소개해주자는 거죠. 그런데 문제가 있어요."

"뭐가요?"

"일단 여관들을 순례해야 할 것 아닙니까?"

"그래야겠죠."

"진행비도 꽤 들 테고…… 여자 입장에서 본…… 그러려면 저 혼자선 곤란하고…… 어때요?"

"하고 싶은 말이 뭔데요?"

"동업하실래요?"

"……."

"참, 제 이름 기억하세요?"

"임철민!"

"그래요 송이 씨, 우리 동업할래요?"

여관판 미술랭 가이드

이틀 뒤 그와 그녀는 인사동에서 만났다. 인사동 입구 크라운 베이커리. 먼저 나와 있던 철민은 사실 믿거나 말거나의 심정이었다. 생각해보면 조금은 황당한 제안이었다. 그런데 그녀가 나타난 것이다. 가게 안으로 들어서는 그녀를 보자 철민은 의아했다. 그녀가 이틀 전의 그녀인가? 전혀 다른 분위기였다. 한껏 팡팡하게 부풀어 오른 파카에 목도리를 감은 소녀의 모습이었다. 길게 늘어트린 머리칼은 질끈 동여매고 등에는 쌕을 맨, 겨울 산에 등반가는 여고생의 모습이었다. 결연해보이기까지 했다. 송이와 철민은 베이커리 앞 손바닥 공원에 앉아 심호흡을 했다. 어쩐지 쑥스러웠다. 이제 겨우 두 번째 만난 남녀가 여관 갈 계획을 짜야한다. 철민이 먼저 운을 뗐다.

"우리 갈까요?"

"혹시 봐두신 데라도 있어요?"

"이제부터 찾아봐야죠."

"저어기요, 우리 그런 데 처음 가는데 이왕이면 여관 이름이 울림이 있는 곳을 찾아봐요."

철민은 순간 파핫! 웃음이 나려는 걸 겨우 참았다. 여관을 찾으면서 울림이라는 말을 떠올리다니.

"그리고 서울 시내는 싫어요."

두 사람은 공중전화 부스에서 일산 지역 전화번호 책을 뒤졌다. 그리고 제법 울림 있는 이름을 찾았다. 그 이름은 '추억 만들기'였다. 여관 이름 치고는 너무 이상했다. 철민은 전화를 걸어보았다. 혹시 레스토랑이 아니냐고 물어봤지만 분명히 여관이라고 했다. 철민은 조심스레 송이에게 물어보았다.

"추억 만들기. 괜찮지요?"

"네에, 여관 같지 않아서 좋네요."

"그럼 여기로 할까요?"

"네에, 거기로 해요."

철민은 추억 만들기에 다시 전화를 걸어, 어떻게 찾아가냐고 물었다. 중년의 여자가 대답했다.

"서울에서 일산 방향 자유로를 잠시 달립니다. 일산 입구가 보입니다. 그곳에서 우회전합니다. 잠시 후 좌측 편 들판에 있는 가장 큰 건물입니다. 찾기 쉬울 겁니다."

연변투의 대답이 빠르게 이어졌다. 철민은 전화 속의 상대방의 말을 열심히 메모를 하고는 그녀에게 말했다.

"자유로 방향, 일산 입구, 우회전 후, 좌측에 있다는데요?"

송이가 철민을 말끄러미 쳐다보며 물었다.

"차 있어요?"

"아뇨."

"그건 승용차를 가진 경우잖아요."

철민은 순간 얼굴이 붉어졌다. 다시 전화를 걸었다.

"아까 전화했던 사람인데요, 차 없이 가려면 어떻게 하지요?"

상대 쪽에선 잠시 머뭇거리는 듯 1, 2초간 적막이 흘렀다. 연변투의 여자 음성이 다시 들려왔다.

"3호선 전철을 탑니다. 화정역에서 내립니다. 3번 출구에서 택시를 탑니다. 자유로 방향으로 가자고 하세요. 자유로가 보일 때쯤이면 우측 편에 보입니다."

철민은 용기를 내어 다시 물었다.

"저어…… 버스는 없나요?"

"없습니다!"

단호했다. 그리고 끊겨버렸다. 아직 물어볼게 남았는데. 택시를 타면 요금이 얼마 나오는지, 숙박요금은 얼마인지……. 오늘 5만 원을 준비했다. 대략 비싸봐야 3만 원 정도일 것이다. 하지만 더 비쌀지도 모른다. 동업자와의 첫 날인데 함께 밥도 먹어야 된다. 일단 계산을 해야 되는데. 끊긴 전화가 너무 단호해서 다시 전화할 엄두가 나지 않았다. 에라 모르겠다. 일단 가보자.

머릿속에 계산이 핑핑 돌아갔다. 철민과 송이는 화정역 3번 출구로 나와서 택시 승강장에 섰다. 바람이 불고 하늘은 잔뜩 흐려있었다. 그녀는 추위를 예견이라도 한 듯 준비가 잘 되어 있었지만 그는 홑 점퍼 하나 달랑이었다. 그는 추웠고 택시는 죽자고 오지 않았다. 3번 출구에서 계속 직진이라 했겠다. 택시비가 얼마 나올지 모른다. 일단 걸어가 볼까 싶었다. 그는 쭈뼛거렸다. 돈 걱정에 불안해 걷고 싶은데 이 얘기를 어떻게 꺼내어야 하나? "걷는 것이 굉장히 낭만적이지 않을까요? 저기 들판이잖아요." 하면서 운을 떼려고 철민은 송이의 눈치를 살폈다. 그러다가 저어, 하는데 동시에 송이도 "저어…… 있잖아요."라고 말했다.

"먼저 말씀하세요."

"아네요, 먼저 말씀하세요."

"별거 아니에요."

"저도 별거 아닌데."

"우리 그냥 걸어가요. 들판길 걷고 싶어요."

순간 철민은 송이의 뺨을 토닥여주고 싶었다. 이심전심.
8차선의 도로변을 둘은 걸었다. 잔뜩 흐려진 하늘은 낮게 내
려와 있었고 차들은 쌩쌩 바람을 일으키며 달렸다. 두 사람의
걸음은 상대적으로 더욱 느리게 느껴졌다.

"중학교 때 잠깐 시골에 산 적 있었어요. 친구랑 들판길 걸
으면서 노래 부르곤 했었는데."

"어떤 노래였는데요?"

"불러볼까요?"

"네."

송이는 낮은 음성으로 흥얼거리듯 노래를 불렀다.

'들길 따라서 나 홀로 걷고 싶어…… 나는 한 마리 파랑새
되어…….'

차의 소음 때문에 그녀의 〈들길〉은 들렸다가 잦아들었다.
송이의 노랫소리가 잦아드는 사이로 따뜻한 출렁임이 몰려왔
다. 하아, 참 예쁜 여자구나. 10여 분을 걷는데 들판 끝에 덩
그러니 건물이 하나 보였다.

"저기 같은데요?"

'추억 만들기'라는 간판이 멀리서도 보였다.

옷을 부실하게 입은 철민은 떨리는 몸을 감추려고 괜히 어깨를 흔들면서 걸었다.

철민의 과장된 몸짓을 송이는 훔쳐보았다. 철민은 흔들거리는 몸짓을 멈추고 똑바로 걸으면서 웃었다.

"하하, 제가 좀 건들거리죠?"

송이는 목도리를 벗어서 철민에게 건네주었다.

"이거 하세요."

철민은 송이를 잠시 바라보았다. 송이는 목도리를 건네주면서 방그레 웃고 있었다.

순간, 그녀의 뺨을 꽉 깨물어주고 싶다는 감정이 솟구쳤지만 겨우 참았다.

쭈뼛거리며 서 있는 그에게 송이는 목도리를 둘러주었다.

바로 그때였다.

하늘이 낮게 내려온 것은 그만한 이유가 있었다. 바로 이 순간 눈발을 날리기 위해서였나 보다. 대개 눈이란 게 한두 송이 보일 듯 말 듯 척후병을 보낸 후 본격적인 군단을 내리쏟는 게 아닌가. 그런데 지금 내리는 눈은 여름비로 치자면 스콜이었다. 삽시간에 펑펑펑 송이송이 눈꽃송이를 내리 쏟기 시작했다. 송이의 뺨을 깨물어 주고 싶다는 감정이 솟구치는 그 순간이었다. 결국 송이의 뺨은 펑펑 쏟아지는 눈송이들이 먼저 어루만져주었다. 철민의 목소리가 달떴다.

"첫눈이죠?"

"네에, 첫눈이에요."

"이상한 첫눈이에요. 첫눈이란 건 원래 오는 둥 마는 둥인데."

두 사람은 누가 먼저랄 것도 없이 경보하듯 빠르게 걸었다. 쏟아지는 눈발은 5분도 되지 않아서 들판길을 하얗게 뒤덮고 있었다.

"그거 알아요? 첫 데이트 날 첫눈을 맞는 연인들은 절대 헤어지지 않는대요."

"처음 들어보는 얘긴데요."

"제가 처음으로 하는 얘기니까요."

송이가 손으로 웃음을 가리려고 주머니에서 손을 빼다가 넘어졌다.

철민은 얼른 그녀의 손을 잡아 일으켜 세우며 맞받아쳤다.

"또 이런 얘기도 있어요. 그 첫눈 오는 날 누군가가 넘어지면 아들 딸 최소한 셋은 낳고 아주아주 잘 산대요."

"그건 어디서 전해지는 얘기예요?"

"일산 들판에서 처음으로 전해진 얘기예요."

"역시 이야기꾼으로 대성하시겠어요."

"정말요?"

"정말요!"

"기분 좋다."

"첫눈에 얽힌 얘기 하나 해줘요."

"그런 거 없어요. 연애에는 젬병이었거든요."

"첫눈 사연이 꼭 연애만 있나요?"

철민은 으음…… 잠시 망설이다가 말문을 열었다.

"〈첫눈이 온다구요〉 하는 노래 있죠. 이정석이라는 가수가 부른 노래요. 그 노래가 기억나네요. 학교 다닐 때 그러니까 군대 가기 전 이었나. 아르바이트 한다고 군고구마 리어커를 25만 원 주고 샀어요. 장사 첫날, 집 앞에 세워두고 고구마 세 박스를 등이 휘도록 짊어지고 집 앞까지 왔는데, 아 글쎄 리어커가 없어진 거예요. 도둑을 맞은 거죠. 그거 찾는다고 온 동네를 헤맸어요. 도저히 포기할 수가 없었거든요. 제가 살던 양천구에서 강서구까지 하루 왼종일 돌아다니면서 군고구마 장사만 있다 싶으면 다가가서 자세히 살펴봤죠. 본들 알겠어요? 뭐 내것이라고 표시해둔 것도 아니고. 그렇게 죙일 돌아다니다가 어느 건널목에서 신호등을 건너려고 서 있었죠. 그때 레코드 가게에서 '첫눈이 온다구요…… 라라랄라……' 그런 노래가 나오는 거예요. 저도 모르게 그 노래를 따라 불렀어요. 한참을 부르고 있는데, 그제서야 알았어요. 내 어깨, 머리끝에 눈이 하얗게 덮여 있었다는 걸. 그날은 너무 열받고 피곤해서 눈내리는지도 몰랐나 봐요. 머리끝에 내린 눈을 손바닥으로 쓸어내리면서 어깨에 내린 눈을 탈탈 털면서 그 노래를 들었어요. 첫눈이 온다구요, 하아 참, 세상이 온통 뽀얗게 덮인 게 그제야 보이는 거예요. 어찌나 눈물이 나던지. 세상이 너무 아름다워서인지 아님, 너무 추워서인지는 모르겠지만 눈물이 하염없이 쏟아지데요. 첫눈이 온다구요…… 그때 그 추억…… 어쩌구 저쩌구…… 하는 그 노래. 첫눈이라면 다들 떠나버린 그녀, 첫사랑…… 뭐 그런 게 떠올라야 할 텐데…… 그깟…… 25만 원짜리 리어커 때문에 길거리에서 징징 짜고 있는 청년을 생각해보세요. 무슨 이태리 영화 〈자전거 도둑〉도 아니고. 그렇죠? 2천5백만 원도 아닌 2백5십만 원도 아닌, 단돈 25만 원 땜에 첫눈 오는 날 길거리에서 울고 있는 청년 말예요. 아, 이게 뭐람!"

"슬프다. 그거 단편소설로 써 보지 그랬어요?"

"썼지요. 신춘문예에도 출품했어요."

"어떻게 됐어요?"

"예선 탈락."

"아깝다."

"아깝긴요. 나중에 다 쓰일 때가 있겠지요. 전 발표하지 못한 제 작품들 보면서 이렇게 위로해요. 지금은 재형저축, 적금, 보험 같은 거다. 나중에 한꺼번에 다 타서 쓸 수 있을 거다. 언젠가 다 세상에 나가겠죠."

"철민 씨 참 귀여워요. 낭만적이기도 하고요."

"우리 이제 겨우 두 번 만났는데 어떻게 알아요?"

"난 알아요. 천 년을 함께 있어도 모르는 사람은 영영 모를 거고요, 한 순간의 눈빛에도 그 사람이 누구인지 보이는 경우도 있어요."

추억 만들기

그와 그녀는 303호를 배정받았다. 아무 문제없이 방까지 왔다는 게 신기했다. 이렇게 간단하게 들어올 수 있는 공간이었는데, 그날 밤은 왜 그렇게도 멀고 험한 길이였던지. 두 사람은 추억 만들기의 현관에서부터 내심 긴장이 됐다. 서로의 얼굴을 다시 한 번 바라보았다. 멀쩡한 얼굴이었다. 예상치 못한 뭔 일이 벌어질 것만 같았다. 하지만, 이는 기우였다. 너무나 간단하게 계산을 치르고 키를 받았고 방으로 들어왔다. 만난 지 몇 시간 만에 여관까지 가게 됐다고 좋아라 했었는데, 몇 시간이 아니라 며칠 만에 겨우 이곳까지 들어오게 됐다. 너무나 힘들게 들어온 그 공간, 추억 만들기. 그와 그녀는 막상 들어오긴 했지만 뭐부터 어떻게 해야 할지 몰랐다. 어색한 공간에서 무슨 말부터 꺼내야 분위기가 자연스러워질까.

두 사람은 침대에 걸터앉았다. 하지만 눈길을 마주치지 않으려고 시선만 이리저리 돌리고 있었다. 철민이 '흐음' 하고 헛기침을 했다. 송이가 그 소리에 깜짝 놀라 몸을 움츠렸다. 철민은 송이를 보면서 "내가 무서워요?"라고 했고, 그제야 송이도 철민을 똑바로 쳐다봤다.

"아뇨."

송이도 헛기침을 했다.

"흐음, 흐음."

이번엔 철민이 화답했다.

"흐음, 흐음…… 흐음."

그러자 다시 송이가 이어받았다.

"흐음, 흐음…… 흐음…… 흐음."

그러면서 앞을 보니 벽에 붙은 대형 거울 속에 자신들의 모습이 보였다. 천장을 올려다보니 그곳에도 거울, 뒤쪽에도 거울이 붙어있었다. 송이는 쌕에서 수첩과 볼펜을 꺼냈다.

"우리 일 하죠."

철민도 가방에서 작은 메모장을 꺼냈다. 철민은 몇 자 끄적이면서 중얼거렸다.

"벽에 거울이 많은 방, 사랑을 나누면서 서로의 모습을 확인하고 싶은 취향을 가진 사람들에게 좋은 방."

송이는 창 쪽으로 가서 커튼을 열어보았다. 일산 들판이 펼쳐져 있었다. 저 멀리 자유로에는 차들이 바쁘게 오가고 있었다. 그 너머엔 인천 바다로 진입하는 한강이 흐르고 있었다. 송이도 수첩에 메모를 하면서 중얼거렸다.

"전망이 좋은 방, 들판이 있고 강이 흐르고 자유로가 보이는 방, 추억 만들기 303호."

두 사람은 각자 알아서 방안의 이곳저곳을 수색했다. 냉장고를 열어보았다. 침대의 쿠션을 두드려 보고 욕실의 온수상태를 살폈다. 창틀에 낀 먼지를 손가락으로 점검해보기로 했다. 두 사람은 진지했다. 초보 여관판 미슐랭 가이드는 이렇게 출발했다. 10여 분 동안 말없이 꼼꼼하게 점검하고 난 뒤 두 사람은 다시 침대에 걸터앉았다.

"다 됐죠?"

"대충은요."

"메모한 거 서로 바꿔 볼까요?"

두 사람은 서로가 메모한 걸 훑어보았다. 송이가 철민의 얼굴을 다시 한 번 보더니 말했다.

"참 꼼꼼하시네요."

"아뇨. 그쪽도 꽤 정리를 잘 했는데요."

"전 그쪽 이쪽이 아니라 송이라니까요, 철민 씨."

"네에, 송이 씨……."

"그럼 다 된 것 같은데 우리 그만 갈까요?"

"어딜요?"

"오늘 일은 다 끝났으니 가자고요."

"벌써 나가자고요?"

"그럼 여기서 살 건가요?"

"아니, 그게 아니라…… 힘들게 힘들게 여기까지 왔는데……."

그러면서 철민은 송이의 눈치를 슬쩍 보았다. 송이는 시선을 돌리면서 고개를 숙였다. 두 사람은 잠시 침묵했다. 한참만에야 철민이 다시 헛기침을 했다. 그러자 송이도 긴장됐는지 헛기침을 했다.

"흐음, 흐음."

철민은 겨우 말문을 열었다.

"저어기요. 아니 송이 씨……. 제가요…… 좀 유치한 말해도 용서해주실래요?"

"……."

"제가요. 가만히 생각해보니까요…… 저어기…… 송이씨를 사랑하는 것 같아서."

순간 송이의 입가에서 파하하하하 웃음이 터져나왔다. 심각한 표정으로 뭔 말인가를 꺼내려고 우물쭈물 하던 철민은 순간 민망함에 얼굴이 붉어졌다. 터져나오는 웃음을 겨우 억누르며 송이가 말했다.

"사랑하는 것 같아서요? 그래서요?"

"그래서 저어기 우리 여기까지 왔는데……."

갑자기 철민이 송이의 손을 덥석 잡았다.

"아얏!"

손을 너무 세게 잡았다. 잡았다기보다는 거의 비틀어 돌려버렸다. 너무 긴장했던 탓이다. 철민은 당황했고 송이의 손목엔 손자국이 벌겋게 피어 있었다.

"아, 이런. 미안해요, 미안해요. 괜찮아요?"

"안 괜찮아요. 아, 아파라."

하아 거참, 철민은 다시 고개를 푸욱 숙이고 자신의 양 손가락을 비비꼬며 주먹을 쥐었다 폈다 했다. 이 민망함을 어떻게 모면할까 고민됐다. 그런데 순간 커튼이 쳐지고 전등불이 꺼졌다. 방안은 갑자기 어둠 속으로 바뀐 것이다. 그가 고개 숙이고 있는 동안 전광석화 같이 환경이 바뀌었다. 송이의 짓이었다. 어둠 속에서 송이의 음성이 조용하게 들려왔다.

"저 샤워하고 올게요."

커튼의 성능은 매우 좋았다.

창밖의 빛 한줄기 용납하지 않았다. 발가벗은 철민은 침대 시트 안으로 들어갔다. 침대는 차가웠다. 그녀를 기다리는 동안 그는 자신의 몸으로 침대를 데워놓기 위해 시트에 몸을 비볐다. 그녀가 와서 누울 자리에 자신의 체온을 옮겨놓으려고 애를 쓰는데 문득 그 말이 떠올랐다. 일촌광음불가경, 아니…… 낙화유수, 아니 아니…… 이럴 때 무슨 말이 있었는데……. 그래 바로 그거다. '일각이 여삼추!' 1초가 3년 세월 같다는 바로 그 말. 하도 긴장되고 떨려서 머릿속이 온통 헝클어졌다. 심장은 그의 고막을 후려칠 듯이 빠르게 뛰었다. 겨우 5분 정도의 기다림이 이렇게 긴 시간인줄 몰랐다. 5분이 500년은 되는 것 같았다. 그 길고 긴 5분이 지나고 욕실 문이 딸까닥 하고 열렸다. 그녀가 침대 쪽으로 걸어오는 소리가 들렸다. 그는 자신이 누웠던 자리를 얼른 옮겼다. 따뜻해진 곳에 그녀를 눕히겠다는 생각에서였다. 그녀가 시트 안으로 들어와 누웠다.

마 · 침 · 내!

나란히 누운 두 사람은 눈을 감고 있었다. 그가 다시 '흐음' 헛기침으로 출발 신호를 보냈다. 그녀 역시 '흐음, 흐음'으로 대답하며 준비가 됐음을 알렸다.

"저어, 송이 씨."

"네에."

"저한테 호감 있어요?"

"호감 없는데 여관까지 따라갔겠어요?"

"그날은 술기운이었던 것 같은데."

"아마 반쯤은 술기운이었을 거고 또 나머지는 그쪽이 좋았겠죠."

"전 그쪽 이쪽이 아니고 임철민입니다."

"네에 철민 씨, 처음 자기 소개할 때 철민 씨가 좋아하는 세 가지가 맘에 들었어요."

"아 그거요."

"제가 좋아하는 세 가지는요. 배철수의 헤헤헤 거리는 웃음소리와 요시모토 바나나의 말랑말랑한 문장이랑, 강서경찰서 앞 상하이 만두집의 고기만두거든요. 참 인상적인 자기소개였어요. 사실 저도 바나나의 글 좋아하거든요. 소설인데도 어쩐지 순정만화 같아서요."

"……."

"……."

"……."

말없는 시간이 잠시 흘렀다. 서너 번의 헛기침이 다시 왕복

했다. 어둠 속에서 부스럭 거리는 시트 소리만 방안을 휘저었다. 갑자기 철민이 송이의 몸 위로 올라가서 손으로는 그녀의 그곳을 찾았다. 한참동안 부스럭거리며 겨우 찾았지만 들어가기가 쉽지 않았다. 송이의 신음소리만 간간히 흘러나왔다.

"버, 벌써 흥분 됐어요?"

"그, 그게 아니라 아무래도 안 되겠어요. 너무 힘들어요."

그건 흥분된 신음이 아니라 힘든 비명이었다.

"그럼 가슴 좀 만지고 할게요."

"너무 아파요."

"미안해요."

철민은 입술로 그녀의 가슴을 비벼주었다. 3, 4분이 흘렀다.

"저 이제 해도 되죠?"

철민은 천천히 다시 시도했다. 하지만 그녀는 완강했다.

답답해진 철민이 다시 한 번 힘을 주던 순간, 송이는 저도 모르게 그의 몸을 밀쳐버렸다.

"이렇게 하면 어떡해요?"

"그럼, 어떻게 해야 되죠?"

"일단 손부터 좀 잡아 봐요. 그리고 천천히 첨부터 다시 해 봐요."

그와 그녀는 다시 나란히 누워서 손을 맞잡았다. 그녀가 말했다.

"일단 손부터 잡고, 서로 맘이 열리면 키스를 하고…… 그리고 가슴이 열리고, 그리고……."

그는 송이의 손을 꽉 잡았다. 그리고 송이의 입술에 키스를 했다. 철민의 손은 다시 송이의 가슴 쪽으로 옮겨갔다. 움직일 수 있는 신체의 각 부위는 하나도 놀리지 않고 움직였다. 온몸을 던졌다. 철민의 몸이 열심히 움직이는 만큼 송이의 몸은 자꾸 안쪽으로 움츠려들었다. 철민은 그것이 흥분의 신호라고 생각했다. 그리곤 다시 그녀의 위로 올라가 다시 한 번 몸을 움직였다.

"아, 안되겠어요. 이렇게……는 안 되겠어요."

그러나 철민은 막무가내로 밀어붙였다.

"가만 있어 봐요. 좀만 참아 봐요. 곧 괜찮아질 거예요."

"그게 아니라, 너무 아프고……."

"가만 있어보라니까요."

그가 다시 밀어붙이자 그녀는 철민을 또다시 밀쳐내었다. 그 바람에 철민은 침대 아래로 떨어질 뻔했다.

화가 난 철민은 침대 맡의 스탠드를 켜고 송이를 내려다보았다. 그녀 역시 화가 잔뜩 난 표정이었다. 그녀는 급하게 옷을 챙겨 입었다. 그는 스탠드를 얼른 끄고는 그녀를 붙잡았다.

"미안해요, 미안해요. 천천히 다시 해볼게요."

"아무래도 안 되겠어요."

"될 수 있다니까요. 제가 급했어요. 천천히 다시 해볼게요. 한번만 기회를 더 줘요, 네에?"

"다음에 하면 안 돼요?"

철민은 길게 한숨을 쉬었다.

"다음에, 언제요?"

"……."

철민은 송이를 끌어안았다. 송이는 엉거주춤 철민의 가슴 쪽으로 당겨져 왔다. 두 사람은 한참동안을 그러고 있었다.

어디선가 시계의 초바늘이 옮겨가는 소리가 들려왔다. 송이가 기어 들어가는 목소리로 말했다.

"저어기요."

"말씀하세요."

"저 지금 굉장히 불편해요."

"어디가요?"

"그쪽 팔 힘이 너무 세서요."

"네에?"

"어깨가 결리고 숨쉬기가 힘들어요."

철민은 그제야 송이의 몸을 풀어주었다. 철민은 다시 스탠드 불빛을 올렸다. 그녀는 눈을 내리 깔고 있었고, 그는 곧 울음을 터뜨릴 것 같은 표정이었다. 겨우 시선이 만나서 또 다시 동시에 입이 열렸는데 그 말은 다름 아닌 "미안해요."였다. 그러다가 또 다시 동시에 나온 말이 "뭐가요?"였다.

"제가 성질이 좀 급해서요."

"난 왜 이렇게 늦되는지 모르겠어요."

"그럼, 우리 다시 누워서 손만 잡고 있어볼까요. 감정이 올라올 때까지요."

두 사람은 시트 안으로 나란히 들어가 누웠다.

철민은 누운 채로 손을 내밀어 스탠드 불을 껐다. 갑자기 머리가 복잡해졌다. 이게 뭐람. 거부하는 것도 아니고, 그렇다고 받아들이는 것도 아니고……. 온몸을 던져서도 안 된다, 말로 설득해도 안 된다, 대체 어쩌란 말인가. 이제 그녀에게 손대는 것 자체가 두려웠다. 자신은 분명 부드럽게 한다고 했는데 그녀에게는 흉기로 전해졌나 보다. 그는 벌떡이는 가슴을 진정시키며 가만히 누워있었다. 누워 있는 철민의 머릿속으로 두 개의 단어가 지나갔다. 의연. 기다림. 철민은 아래턱에 힘을 주며 다시 결심했다. 의연해지자, 의연해지자. 기다리자. 인생은 어차피 기다림의 연속 아닌가. 그녀가 올 때까지 기다려보자. 의연함에 느긋한 기다림을 다짐하면서 철민은 숨을 죽였다. 시간은 길고도 느리게 흘러갔다. 마치 긴 터널을 지나가는 한심한 자신의 청춘 같았다. 자신의 어눌한 몸짓이 미웠다. 늦되게 열리는 그녀의 몸이 원망스러웠다. 차라리 포기해버릴까. 자포자기의 심정마저 몰려왔다. 이미 마음은 포기 쪽으로 기울어있었다. 그러자 의외로 편안해졌다. 남자들이 흔히 하는, 오빠 믿지? 그래 너랑 편하게 있고 싶어서 그래. 들어가서, 손만 잡고 자면 되지 뭐. 그 말도 되지 않는 뻔한 수작인, 손만 잡고 잘게. 철민의 지금 심정이었다. 어쩌겠는가. 손만 잡고 있을 수밖에. 그때 철민의 목덜미로 간간히 따뜻한 바람이 느껴졌다. 2, 3초 간격으로 불어오는 작은 바람, 4월의 순풍 같은 바람. 가만히 귀 기울여 보았다. 그 순풍과 함께 들려오는 소리도 있었다. 후우…… 푸우…… 후우…… 푸우……. 누군가가 잠자면서 뱉어내는 숨소리다. 이 어둠 속에 또 누군가가 있는가 싶어 깜짝 놀랐다. 그러나 있긴 누가 있겠는가. 잠든 것은 그녀였다. 이런 상황에서 그녀가 잠들어 버린 것이다. 믿을 수 없는 일이었다. 이 와중에 자신의 품에서, 열에 달뜬 이 짐승 같은 육체를 곁에 두고 잠이 들다니. 제정신인가. 이 여자의 신경선은 대체 어떻게 생겨먹었는가? 동아줄인가? 고래심줄인가? 인간인 게 믿겨지지 않았다. 냅다 들어서 창밖으로 던져버리고 싶은 충동이 들었다. 그녀가 미운 마음에 깍지 낀 손가락을 위로 제켜 보았다.

"아, 제가 잠깐 잠들었나 봐요."

철민은 마음 따로 입 따로 놀면서 대답했다.

"피곤하셨나 봐요. 더 주무세요."

그녀의 얼굴은 그의 가슴 안쪽으로 안기듯이 밀려들어왔다. 그녀는 깍지 끼여진 손가락을 풀고 그의 배꼽 아래 손을 댔다.

그러고는 아이처럼 그의 몸으로 꼬옥 안겨 들어왔다. 그녀의 작은 움직임에 그의 그 위대한 의연함은 한순간에 와르르…… 무너졌다. 그녀의 등 쪽으로 손을 옮겨갔다. 그는 손목에 힘을 최소한 이용해 천천히 그녀의 등을 어루만졌다. 그의 가슴팍에 기대어온 그녀의 볼이 느껴졌다. 그녀의 따뜻한 입김이 그의 복부에 규칙적으로 전해졌다. 그의 손은 그녀의 등에서 엉덩이 쪽으로 내려갔다. 내려가면서 그는 주문을 외듯이 속으로 웅얼거렸다. 힘을 빼라, 마음을 비워라, 욕심을 버려라. 욕심을 버리면 그대에게 복이 있을진저. 서두르면 재앙만이 기다릴진저. 의연해지자, 의연해지자. 그렇게 주문을 외우면서 그의 손은 그녀의 엉덩이까지 이동했다. 가슴팍으로 전해지는 그녀의 숨소리가 조금씩 불규칙해졌다. 입김의 속도가 빨라졌다 느려졌다. 따뜻한 입김은 조금씩 뜨겁다는 느낌이 들었다. 그때였다. 흐윽…… 흐윽…… 흐윽…… 혁혁혁…… 어둠속에서 신음소리가 들려왔다. 흐윽…… 흐윽…… 흐윽…… 거리는 소리는 여자의 음성인데, 혁혁혁은 또 무엇인고? 자신은 분명 입을 닫고 있는데.

서울 밝은 달밤에

밤늦도록 놀고 지내다가

들어와 자리를 보니

다리가 넷이로구나.

둘은 내 것이지만

둘은 누구의 것인고?

분명 내 소리는 아닌데…….

어둠 속에 역신이라도 들어와 지금 그녀의 탄성을 올리고 있단 말인가? 귀를 기울여 보았다. 신음소리는 방안에서 들리는 게 아니라 창밖 너머 어디선가, 벽 너머 그 어디선가 아득하게 들릴락 말락 방으로 스며들고 있었다. 그 소리는 점점 또렷해지면서 확연해졌다. 데시벨은 점점 올라가고 있었다.

"흐윽…… 혁혁혁……. 나 죽여줘! 죽여줘! 제발!"

여자의 울부짖는 소리가 들려왔다.

"아아아아아악악악……."

여자는 비명을 질러댔다. 그의 가슴팍에 손을 얹고 가만히 문지르고 잇던 송이의 손이 멈칫했다. 창 너머 여자의 비명은 더욱더 올라갔다.

"죽여줘! 아아악! 아아악!"

송이가 일어나며 스탠드를 켰다. 그녀는 몸을 가린 시트를 말아 쥐고 창문을 열었다. 칼바람과 함께 비명소리가 우르르 몰려들었다.

"그래 죽여! 죽여! 죽여달란 말야……. 아아아악! 아악 악 악 악…… 흐으…… 악악악!"

송이는 창밖으로 목을 뺐다. 바로 옆방에서 들려오는 소리였다. 송이는 철민에게 다급한 눈빛을 보냈다.

"어떡하죠? 네에?"

갑자기 시트를 빼앗긴 철민은 당황했다.

"추워요, 창문 좀 닫아주세요."

"지금 사람이 죽어 가는데 추운 게 문제예요?"

"누가 죽는다고 그래요?"

"지금 옆방 소리 들리지 않아요?"

"송이 씨 왜 그래요. 저게 지금……."

순간 말허리가 잘리면서 긴장이 됐다. 옆방에서 들려오는 여자의 음성은 단순한 열정의 신음치고는 어딘가 이상했다. 여자의 울음소리가 심상찮았다.

"허억, 허억."

울음과 신음이 물과 밀가루의 만남처럼 한 덩어리가 돼 철벅거렸다. 절정의 순간에 울 수도 있으리라. 그런데 저 울음은 심상찮다. 서럽게 아주 서럽게, 너무너무 서러워서 아주 더럽게도 느껴졌다. 저주와 한탄과 비명의 심정이 고스란히 담긴 울음은 다시 신음과 반죽이 되어 기괴한 소음으로 들려왔다. 아주 길고 느리게. 늘어지는 울음 사이로 스타카토의 악! 악! 악! 거리는 비명이 양념으로 뿌려졌다. 저건 정상적인 섹스에서 나오는 소리가 아니다. 일방적인 폭력이거나 죽음도 불사한 변태행위를 하고 있는 것이다. 어쩌면 마약을 한 상태일지도 모른다는 생각이 들었다. 철민과 송이는 일단 옷부터 챙겨입었다. 송이는 허둥대며 철민을 독촉했다.

"어떡하죠? 아래층에 전화할까요? 119 부를까요?"

그러는 사이에도 벽 너머에서 구원을 부르는 음성이 스며들었다.

"사…… 살려줘…… 제발……아아…… 아아…… 나 이러다 죽을 것 같아…… 제발…… 살려줘……."

더 이상 주저할 수 없었다. 119를 부르기에는 너무 늦다. 급하게 철민이 방문 쪽으로 달려나가려는 찰라, 송이가 그의 등을 잡았다.

"잠깐만요! 저 소리 들어봐요."

철민은 멈칫하고는 귀에다가 손나팔을 만들어 벽으로 가져갔다.

"아…… 죽여줘……. 제발 아주 죽여버려달란 말야."

그와 그녀의 손나팔은 벽에 바짝 밀착됐다. 여자는 아주 짧은 순간, 삶에서 죽음을 선택했다. 여자의 음성은 차츰 잦아들었다. 잦아든 여자의 음성을 비집고 남자의 음성이 들려왔다. 저주의 바리톤이 벽 너머에서 발광했다.

그리고 벽 쪽으로 둔탁하게 쿠~웅 하는 울림이 전해졌다.

"아아아아아악……."

소프라노의 비명이 길게 찢어졌다. 남자가 여자의 머리를 벽에 찧고 있는 듯 했다. 벽은 소리굽쇠의 떨림처럼 잠시 동안 우웅거렸다.

그리고, 마침내 사일런트!

송이와 철민도 숨을 죽였다. 여자는 죽었을지도 모른다. 벽을 사이에 두고 이쪽 방과 저쪽 방은 모두 고요하다. 몇 분 뒤 저쪽 방에서 샤워 소리가 들려왔다. 또 그 몇 분 뒤 방문이 열리는 소리가 들렸다. 송이와 철민도 살며시 문을 열어보았다. 40대 여자와 20대 남자가 다정하게 걸어 나가고 있었다. 연상연하의 연인은 진한 향수 냄새만 복도에 가득 남긴 채 엘리베이터 안으로 사라졌다. 철민과 송이는 동시에 창으로 달려갔다. 연상연하의 연인은 3,000cc 그랜저 골드로 다가갔다. 차에 오르기 전, 40대의 사모님은 20대 청년의 볼을 톡톡 두드려주었다. 귀여워 죽겠다는 표정이었다. 그리고 어깨에 먼지라도 털어주듯 다정스레 손길을 주고는 조수석에 앉혔다. 그리고 운전석에 올랐다. 차르르르~ 주차장에 깔린 자갈 팅기는 소리만을 남긴 채 그랜저는 멀어져갔다.

송이와 철민은 황망하게 서로를 바라보았다.

그때 갑자기 전화벨이 울렸다. 대실시간이 다 되었다는 카운터의 연락이었다. 즉, 방 빼라는 말이었다. 철민은 금방이라도 울음을 터트릴 것 같은 표정이었다. 송이가 놀리듯 낮게 중얼거렸다.

"바아보~~!"

눈 내리던 들판은 어느새 햇살이 쨍하고 빛나고 있었다. 눈부신 햇살이 방안을 가득 채웠다. 들판 너머 강가엔 갈매기들이 날고 있었다. 송이는 고개를 갸웃거렸다.

"저거 갈매기 맞죠? 강에도 갈매기가 있나요?"

철민도 창가로 와 바라보니, 갈매기 수 십 마리가 끼룩거리며 날고 있었다.

"인천 갈매기들일거예요. 가끔 한강까지 올라온다더니, 나도 첨 봐요. 저거 보니까 바다에 온 것 같다. 그죠?"

송이가 배시시 웃으며 말했다.

"추억 만들기 그 첫 번째 이야기, 주인공은 이렇게 말하면 되겠네요. 우린 추억 만들기에서 그것은 하지 못하고 갈매기만 봤다."

"나쁘진 않네요."

프라이드

철민은 집 안을 수색하고 있었다. 책상 서랍, 안방 문갑, 장롱 위 아래, 아버지의 옷을 뒤졌다. 싱크대 찬장 서랍도 뒤졌다. 10분 동안 집안을 샅샅이 뒤져서 겨우 1,750원을 찾았다. 소소한 생활비를 위해서 아버지는 가끔 이곳에 만 원 짜리 몇 장 정도는 넣어 뒀는데, 그 마저도 오늘은 보이지 않았다. 20대의 청년 아들이 60대의 늙은 아버지 옷을 뒤지고 있었다. 단돈 몇 만 원을 훔치기 위해서 아버지의 흔적을 헤집고 있는 것이다. 갑자기 진행 중인 여관 순례기 작업에 회의가 들기 시작했다. 어쩌자고 진행비가 그렇게 많이 드는 일을 시작했을까 싶었다. 글이란 게 상상력만으로도 충분히 가능한데 꼭 발로 뛰어야 되나 싶었다. 게다가 오늘은 그녀와 '나이아가라 관광호텔'에 가보자고 약속까지 하지 않았던가. 최소한 5만 원은

들 텐데. 그녀에게 기대를 해볼 수밖에 없다. 어차피 동업자니까. 그는 외출 준비를 끝내고 현관을 나서다가 거실 벽에 걸린 가족사진과 마주쳤다. 늙은 아버지와 젊은 아들이 다정스레 앉은 원판 사진이었다. 그 위에 아버지의 근엄한 붓글씨가 얹혀져 있었다.

'가족은 단둘이다. 잘 살아보세.'

그래, 잘 살아보려고 저도 이럽니다. 아버지 협조 좀 해 주세요? 라는 말을 중얼거리다가, 히뜩 뭔가 떠올랐다. 하아, 그거다. 아버지는 집에 항상 돈을 두었다. 그런데 그와 늘 돈 숨기기 전쟁을 벌였다. 어디에 숨겨놓아도 기필코 찾아내는 예리한 후각을 가진 그였다. 주방 쪽을 찬찬히 살펴봤다. 눈을 감았다. 정신일도 하사불성! 돈냄새는 코로 맡는 게 아니다. 마음으로 맡아보자. 그는 신발을 벗고 눈을 감은 채 천천히 주방 쪽으로 다가갔다. 단칼에 베어버리겠다는 무사의 심정으로 다시 한 번 싱크대 앞에 섰다. 어디선가 아련히 돈의 기운이 밀려왔다. 그 울림을 향해 손을 내뻗었다. 냉장고 위칸, 냉동실의 문을 벌컥 열었다. 너무나 세게 열었는지 오래된 냉동실 문이 덜렁거렸다. 문짝에 달린 플라스틱 뚜껑을 열었다. 그 안에 원통형의 중국 오룡차 통이 앉아있다. 오룡차 통을 쓰윽 열어봤다. 딱 걸렸다. 성애가 뽀얗게 낀 지폐뭉치가 노란 고무줄에 탱탱하게 감겨진 채 얌전하게 웅크리고 있었다. 겨울철 땅군이 잠자는 뱀들의 돌쩌귀를 열었을 때 이런 기분일까? 괴락처럼 펼쳐진 산삼밭을 본 심마니의 심정이 이런 걸까?

헤헤헤……. 구수하면서도 야비한 그 웃음이 번져 나왔다. 30만 원은 족히 될 것 같았다. 거실에 걸린 아버지의 사진이 으이쿠! 하는 표정으로 바뀌는 것 같았다. 거기서 10장을 빼내 주머니에 넣었다.

나이아가라 관광호텔 로비에는 송이가 먼저 와 있었다. 철민은 어쩐지 어깨에 힘이 들어갔다. 10만 원을 가슴에 품었기 때문이다. 음성도 상당히 호기로웠다.

"객실로 일단 들어가시죠?"

호연지기란 바로 이런 거구나 싶었다. 송이가 조심스레 입을 열었다.

"저어, 다른데 가면 안 되요?"

철민은 자신도 모르게 벌컥 화를 내면서 소리쳤다.

"왜, 왜 또 이러세요! 지금 누구 놀리세요? 다른데 가자, 다른데 가자, 지치지도 않아요?"

흥분한 철민은 양손을 치켜들며 목이 컥컥 막힐 정도로 소리를 질렀다. 호텔 로비를 지나가던 사람들이 묘한 웃음을 지었다.

송이는 고개를 숙이며 겨우 말문을 열었다.

"저어…… 그게 아니라."

"그게 아니면요? 네에? 말씀해보세요."

그녀의 음성은 더욱 주눅이 들어서 금방이라도 울음이 터져 나올 것 같았다.

"다른데…… 제가 알아본 데가…… 힘……겹게…… 정말…… 힘겹게…… 알아냈는데……."

흥분해 말벌처럼 앵앵거리던 철민은 멈칫했다.

송이의 프라이드는 소음으로 귀가 멍멍할 지경이었다. 차의 상태로 보아 굴러가고 있다는 게 신기할 따름이었다.

"알고 보니, 마이카족이었네요?"

"아무래도 이동이 많으면 차가 꼭 필요할 것 같아서요."

철민은 라디오를 켰다. 하지만 작동이 되지 않았다.

"라디오는 안 되요."

"그럼 카세트라도 좀 듣죠."

"라디오도 안 되는데 카세트가 될 리 있나요."

철민이 이런~ 하면서 라디오를 쿵 치니 조수석 문이 덜컹

열렸다.

"아악!"

차가 끼익 소리를 내며 멈춰 섰다. 철민은 심장이 벌렁거렸다.

"이거 괜찮은 거예요? 가만 보자, 15만! 이거 한 바퀴 다 돌고 다시 15만 아녜요?"

"아직 잘 가요. 문이 가끔 말썽이긴 한데, 차 안에선 사나운 행동만 않음 얘도 얌전해요."

차는 다시 요란한 소리를 내며 출발했다.

"뒷좌석에 카세트 있어요."

철민은 뒤쪽으로 고개를 돌려보았다. 소형 녹음기가 있었다. 프라이드와 딱 어울리는 골드스타, 지금은 없어진 금성사 카세트였다. 철민은 녹음기를 자신의 무릎에 올리고 플레이를 눌렀다. 음악이 터져 나왔다.

'별이 쏟아지는 해변으로 가요……. 해변으로 가요~오……. 연인들의 해변으로 가요오…….'

"다른 테이프 있을 거예요. 바꿔 넣으세요."

"이거 좋은데요. 쌩쌩 겨울바람 맞으면서 듣는 여름 노래도 좋네요."

프라이드는 덜컹거리며 겨울바람을 뚫고 달렸다. 7월, 푹

푹 찌는 무더위 속 피서철에나 듣는 음악을 들으며 그와 그녀
는 차가운 겨울바람 속을 달렸다.

해변으로 가는 연인들처럼 키보이스의 음률에 박자를 맞추
던 철민이 물었다.

"그런데 어디로 가는 거죠?"

"강화도요."

"역사탐방 갈 일 있어요?"

"어제 우연히 설렁탕집에서 밥 먹다가, 옆자리 아저씨 둘
이서 소주 마시면서 하는 얘기를 들었어요. 가만 들어보니까,
한 아저씨가 불륜 중인 것 같던데 그 아저씨의 최대 관심사도
어떤 여관으로 갈 것인가? 새로운 곳은 없는가더라구요. 그
래서 철민 씨의 이 작업에 확신이 들었어요. 그 아저씨 얘기
로는 강화도에 정말 괜찮은 여관이 있다는 거예요. 강화 시내
에서 전등사 방향이에요."

"귀도 밝으시다. 옆자리 얘기를 자세히도 들었네요."

"어휴, 직접 가서 물어보고 싶은 걸 겨우 참았어요. 그 아
저씨가 친구한테 열심히 설명해주길래 귀 곤두세우고 받아
적느라고 혼났어요. 저 귀 늘어난 거 보세요."

핑. 퐁!

프라이드는 강화 시내에서 좌회전을 했다. 전등사 방향으로 10여 분을 달리니 은수리가 나왔다. 은수리를 지나 도로변의 강화 갈비집을 끼고 다시 우회전을 하자 언덕위에 숲이 보였다. 숲을 끼고 들어서자 그 안쪽에 여관이 있었다. 여관 이름은 '숲속의 빈터'였다. 차에서 내린 송이가 잠시 머뭇거리더니 트렁크에서 캐리어백을 꺼냈다. 철민이 의아해서 물었다.

"어디 여행가세요?"

"이런 가방이면 여행족처럼 보이겠죠?"

"졌다!"

철민이 건성건성으로 주변을 살피고 있는 동안 송이는 캐리어백에서 폴라로이드 사진기를 꺼냈다. 그리고는 주변 숲과 건물들을 사진기 안으로 차분하게 옮겨 넣었다. 그리고 수첩에다가 '위치'라는 부분에 별 다섯 개를 그려 넣었다.

"이런 첩첩산중까지 누가 온다고 별 다섯 개예요?"

"서울서 여기까지 정확하게 55분 걸렸어요."

느릿한 송이의 말이 이어졌다.

"그래서 남의 눈 피할 연인이라면 55분 투자하고라도 여기까지 올 것 같아요. 여관에 들어갈 때, 뒤에서 누가 바라볼 것 같은 찜찜함은 없잖아요. 게다가 여기는 나무로 둘러쳐져 있어 더 좋고요."

말은 높낮이 없이 어눌했지만 관찰력은 매우 예리했다. 철민의 귀는 송이의 입 쪽으로 점점 열렸다.

"그래서 전 위치 부분엔 별 다섯 개 주고 싶어요."

볼수록 알 수 없는 여자다. 만난 지 몇 시간 만에 몸을 열어줄 것 같았는데 뜻대로 되지 않는 것이며, 성적으로 과감한 것 같은데도 터무니없이 힘든 것이며, 내숭덩어리 같으면서도 전혀 아닌 것 같고, 만화 세계에서 현실로 불쑥 들어온 것 같은 말투하며, 말은 어눌하고 행동은 서슴거리지만 판단력은 매우 민첩했다.

철민은 송이를 처음 봤을 때 구영탄이 떠올랐다. 고행석 만화의 그 주인공, 졸린 듯한 눈빛하며 꿈꾸는 듯한 세상으로부터 한걸음 물러나 있는 듯 낭창한 눈빛. 그런데 오늘 다시 보니 그 생각 없이 보이는 졸린 눈빛이 영민하게 느껴졌다. 철민은 송이의 말을 듣고서 여관을 찬찬히 살펴보았다. 초겨울인데도 숲은 숲이었다. 대로에서 보면 그 안에 여관이 자리하고 있으리라고는 누구도 눈치 채지 못할 것 같았다. 상당히 도박성을 가진 여관이다. 모르고 가면 10년을 지나다녀도 찾지 못할 만큼 잘 숨겨진 곳이었다. 알음알음으로 소문나지 않으면 그야말로 길 잃은 과객이나 묵을 곳이다. 그러나 누군가의 시선을 피해야 하는 연인이라면 천 리길이라도 올만한 가치가 있는 곳이다. 떨어진 낙엽수와 침엽수들 사이로 저 아래도로가 얼핏설핏 보였다. 그러나 도로에선 이곳을 보기 힘든 곳이다. 겨울이 아닌 계절엔 그 마저도 완전하게 차단될 것이다. 여관의 마당은 시멘트 포장이 아닌 흙 마당이었다. 완벽하게 자연 친화형이다.

건물 안은 장급 여관치고는 상당히 품위가 있었다. 카운터 옆엔 잡지를 꽂아둔 비치대가 있었다. 〈주간조선〉에서 〈시네21〉, 〈월간동아〉, 〈주부생활〉 뿐만 아니라 〈사건25시〉 같은 옐로우페이퍼까지 세심할 정도로 갖춰놓고 있었다. 가격은 대실 1만 원, 1박에 2만5천 원이었다. 가격 대비 시설은 만족스런 수준이었다. 대실은 몇 시간 주냐고 조바 아줌마에게 물었다. 원칙은 3시간이지만 시간 구애받지 말고 천천히 놀다 가라는 말이 돌아왔다.

그와 그녀는 202호 방을 얻었다. 가구들도 모두 새것이었다. 영업을 시작한 지 몇 개월 되지 않은 게 틀림없었다. 모든 게 새것이었다. 여관 주인의 의욕에 찬 영업 전략이 한눈에 느껴졌다. 단 하나 결점이 있다면 새 건물이다보니 니스나 페인트류의 화학성 악취가 조금 남아 있다는 것. 창을 열자 상쾌한 숲 냄새가 악취를 완화시켜주었다. 창 너머로 숲길이 나 있었다. 여름이나 가을에 오면 훨씬 풍광이 좋을 것 같았다. 대만족이다. 이것저것 볼 것도 없다. 강력하게 추천해야할 여관이다. 위치·가격대비·품위·안전성·친절도·시설면 등 7개 부분 모두 별 다섯 개다. 철민은 감동을 받았다. 별 다섯 개가 아니라 밤하늘에 떠 있는 은하수 전체를 따다가 '숲속의 빈터'에 달아주고 싶은 심정이었다. 이제 겨우 여관 순례 두 번째인데 이 일에 보람마저 느껴졌다. 철민은 창가에서 크게 심호흡을 했다.

"하아, 좋네요. 저기 소나무 숲도 근사하고 맞은 편 도토리 나무도 참 좋네요."

송이가 낮게 말했다.

"저건 소나무가 아니라 잣나무 같은데요."

"잣나무가 저렇게 생긴 거예요? 사과나 배나무 같은 유실수 아닌가요?"

"저거 잣나무 맞을 거예요. 그리고 저건 도토리나무가 아니라 알갱이가 작은 상수리나무라고 하는데."

"나무를 많이 아시네요?"

"전 꽃보다 나무가 더 좋아요."

"왜요?"

"좋은 게 무슨 이유가 있나요. 그냥 나무가 좋은 거죠. 그래서 전 나무만 보면 맘이 차분해져요. 또……."

송이가 나무에 관해서 혼자 중얼거리듯 계속 말하자, 철민이 말허리를 잘랐다.

"저 있잖아요."

송이는 철민의 얘기를 듣지 못했는지 계속 나무 얘기를 이어갔다.

"그래서 맘이 좋지 않을 땐 광릉수목원에 자주 갔어요."

"저 있잖아요."

"광릉수목원 나무들 표정을 보고 있노라면 사람들이랑 많이 닮았거든요. 그래서 나는 어떤 나무랑 닮았을까……."

송이의 혼잣말에 화가 난 철민은 송이의 어깨를 살짝 쳤다.

"저 있잖아요."

"네에?"

그제야 꿈꾸던 눈빛의 송이가 철민을 바라보았다.

"전 말이죠……. 전 말이죠."

"네에 말씀하세요."

"전 말이죠, 욕망이 해소해지 않으면 정서가 불안하거든요."

"……."

"한 번 하고 싶어요."

"……."

"우리 앞으로 이 일 계속 하려면 서로 몸은 기본적으로 터야할 거 아네요."

"제가요, 원래 내숭이라서 그런 게 아니라 자꾸 긴장되고 그래서 잘 안 됐어요. 미안하게 생각해요."

"할 맘은 있다는 거죠?"

송이는 고개를 끄덕였다. 철민은 송이를 와락 끌어 안았다. 그러자 살짝 물러나면서 송이가 말했다.

"저어, 준비해온 게 있는데……."

숲속의 빈터도 약점은 있었다. 커튼의 성능이 그다지 좋지 않았다. 커튼을 쳤지만 숲속의 빛이 희미하게 비쳐 들었다. 얇은 커튼은 간접조명의 역할을 해주고 있었다. 샤워를 끝낸 철민은 침대에 누웠다. 송이는 가방에서 뭔가를 찾아서 침대 위로 올라왔다.

"그게 뭐예요?"

"젤 같은 건데, 너무 잘 안 돼서……."

역시 용의주도한 준비파 오송이였다.

"이리 와 봐요. 제가 발라줄게요."

송이는 시트 안으로 들어갔고 철민도 따라 들어가 그녀에게 젤을 발라주었다. 젤을 바른 후 철민은 속으로 숫자를 헤아렸다. 백 번을 헤아리는 동안 그녀의 가슴을 헛바닥으로 쓸었고 다시 백 번을 헤아리는 동안 그녀의 엉덩이를 쓰다듬었다.

엉덩이를 만져주다가 다시 발가락에서부터 종아리로 허벅지까지 올라오는 동안 그는 백 번을 더 헤아렸다. 철민은 송이를 모로 눕혀서 그녀의 등 뒤에 누웠다. 손을 뻗어 천천히 그녀의 양쪽 가슴을 만지는데 다시 백 번의 시간을 배려했다. 길고 긴 시간이었다. 그리고 마침내 비장한 음색을 띠며 말했다.

"이제 할게요."

"……."

그는 손으로 그녀의 그곳을 만져보았다. 미끈함이 느껴졌다. 운우지정의 첫 만남. 그의 그것이 드디어 그녀의 그곳에 들.어.갔.다!

그녀의 입에서 아하! 하는 신음이 들려왔고, 그도 푸후! 하는 신음을 뱉었다. 그는 그녀의 엉덩이를 양손으로 받쳐 잡고는 더욱 세게 밀어붙였다. 그리곤 한 번 두 번 세 번…… 오르락내리락 움직였다. 3, 4분 정도가 지나자 그의 몸은 부르르 떨리면서 몸에서 뭔가가 쭈욱 빠져나갔다.

단 3분 만에 끝이 났다. 그는 엉거주춤한 자세로 그녀의 몸 위에 얹혀 있었다. 그녀가 물었다.

"끝났어요?"

"…… 네에……."

그와 그녀는 막대기처럼 오두마니 누워서 천장만 바라보고 있었다. 그녀의 허벅지로 하얀 액체들이 흐르고 있을 텐데, 휴지로 닦아 주어야 될 텐데. 그러나 철민은 손끝 하나 움직일 수 없었다. 민망하고 처참한 비탄의 감정이 그의 몸을 꽁꽁 묶고 있었다. 또 다시 긴 침묵에 실려 시간이 흘렀다. 몸을 먼저 움직인 것은 송이였다. 그녀는 손을 뻗어 침대 밑의 티슈를 뽑아 철민을 닦아주었다. 사려 깊은 여자다. 그 손끝은 많은 것을 말해주었다. 이 여자가 자신을 좋아하고 있구나. 또한 자신도 이 여자를 진짜로 좋아하게 될 것 같다는 예감이 들었다. 철민은 문득 송이의 얼굴이 보고 싶었다. 철민은 벌떡 몸을 일으켜 세웠다. 그리고 송이를 똑바로 바라보았다. 희미한 어둠 속인데도 송이의 얼굴이 환하게 보였다. 송이도 철민을 말끄러미 바라봤다. 철민이 부끄럽다는 듯이 말을 빨리 내뱉었다.

"사랑해요!"

어정쩡함에서 나오는 목소리라 목멘, 된소리의 단말마였다. 경황에 맞지 않는 말이었고, 음성도 근사하지 못했고, 뒷수습이 되지 않는 표현이었다. 이런 경우, '사랑해요'는 한 번 더 하자는 말처럼 들리기 십상이었다.

뱉은 말을 주워 담고 싶었지만 이미 그 소리는 저만치 사라진 뒤였다. 갑자기 낯이 뜨거워졌다. 그녀가 진심으로 사랑스럽다는 느낌 때문에 그 느낌을 말한 것이었는데…….

철민이 송이의 입술에 자신의 입술을 천천히 얹었다. 도톰한 그녀의 입술과 얇게 휘어진 그의 입술이 끈적한 마찰을 일으켰다. 거부가 아닌 서로에게 스며드는 마찰이었다. 부딪힘의 변증법. 그녀의 입술이 벌어지고 그의 혀는 그녀의 입안으로 들어갔다. 몸이 말을 한다. 혀와 혀의 휘감김은 조단조단 대화를 한다. 이순간 언어는 필요 없다. 서로의 입안을 혀끝의 신호로 들락거렸다. 때로는 당기고 때로는 밀려주었다. 입안이라는 서로의 방을 들락거리다 보니 혀가 부풀어 오르는 것 같았다. 입안이 꽉 차는 느낌이었다. 숨이 막혀왔다. 그러나 어쩐 일인지 갑갑하지 않았다. 벅차오르는 느낌이었다. 그와 그녀는 동시에 '아하!' 하고 탄성을 질렀다.

어디선가 말발굽 소리가 들려왔다. 힘차게 달리는 말발굽은 키스, 키스, 키스, 키스, 키스, 키이스! 라는 소리를 내며 달렸다. 순간 철민이 불에 덴 듯 움찔했다. 이내 철민의 혀는 다시 그녀의 입안으로 들어가 휘저으며 뛰어다녔다. 말발굽은 후진으로 질주했다. 스키, 스키, 스키, 스키, 스키, 스키이! 철민의 손은 송이의 계곡 쪽으로 내려오는데 놀랄 일이 기다리고 있었다. 어느새, 자신이 알지도 못하는 사이에 그의 그것이 그녀의 계곡 안쪽, 꽃봉오리 깊숙이 들어가 있었다. 제집인양 편안하게 들어가 있었다. 누가 먼저랄 것도 없이, 또한 단 한 점의 거부도 없이, 그는 그녀의 동굴에서 쉬고 있었다. 뜨거운 열기가 사방에서 뿜어져 나왔다.

알라딘의 동굴이었다. 볼 수 없어도 확연히 느껴졌다. 그 안에서 만난 그와 그녀는 온갖 표정으로 웃고 있었다. 두 사람은 알라딘의 동굴 안에서 핑퐁놀이를 했다. 그녀가 '핑'이라고 던져주면 그는 '퐁'이라고 받아넘겼다. 그와 그녀의 대화들은 알리바바의 보물처럼 다양하였다. 달콤하고 시큼하고 짭짤하고 쌉쌀했다. 역시 말이 필요 없었다. 잠시 후 잔뜩 부푼 풍선에서 바람이 빠지고 있었다. 회오리가 휩쓸고 지나간 후의 고요였다. 몸에서 모든 것이 빠져나간 듯한데도 알 수 없는 충만감이 밀려왔다. 그와 그녀는 손을 잡고 천장을 바라보며 나란히 누웠다. 철민이 입을 열었다.

"탁구를 왜 핑퐁이라 하는지 알겠어요!"

송이가 맞받아 대답하였다.

"알라딘의 동굴!"

선승의 그것처럼 그와 그녀는 알 듯 말 듯 저절로 나오는 말을 내뱉었다. 아무려면 어떠랴. 몸의 말이란 게 가장 추상적이면서도 가장 명징한 것. 서로가 뱉은 말의 의미를 캐묻지도 않았다.

사랑은 그렇게 시작됐다.

최악의 선택

선글라스를 낀 철민과 송이가 길 건너편 건물을 올려다보고 있었다. 신호등 아래엔 여름햇살이 꽂혀 있고, 거리는 자동차 소음으로 왱왱거렸고, 사람들의 발길은 분주했다. 심각한 표정으로 두 사람은 천천히 선글라스를 벗었다.

신호등이 파란불로 바뀌자 횡단보도를 건너면서 철민이 말했다.

"유동인구는 최상급인데."

송이 역시 수긍하는 듯 고개를 끄덕였다.

"숙박업으로선 최악이지?"

두 사람은 길을 건너와 다시 한 번 아까 건물을 올려다보았다. '광명장'이라는 간판이 그와 그녀의 머리 위에 매달려 있었다. 이번에는 송이가 먼저 말을 꺼냈다.

"위치는 마이너스 흰 별 하나."

"동의 한 표!"

"5층이니까 1층 접수대 하나, 창고방 하나 빼면 객실은 48개."

"일일 회전율 150%?"

"장기 숙박자 가능성 농후, 일일 회전율 8할대."

"8할? 너무 비정하다! 땅 짚고 헤엄치기가 여관업인데."

"아니 어쩌면 5할대 미만일지도 몰라."

"광명장이라……. 상호명 한 번 올드한데."

광명장 출입구에 들어선 두 사람은 잠시 멈춰 섰다. 입구엔 먹다만 짬뽕그릇이 수북이 쌓여있었다. 고개를 크게 움직이지 않고도 어안렌즈의 그것처럼 실내의 모든 것이 꿰뚫어보였다. 마치 터미네이터의 시점에서 보는 것처럼, 광명장의 입구와 복도는 수치와 연대기를 그와 그녀에게 속속들이 보내주었다. 복도의 벽지는 칙칙하고 바닥에 깔린 붉은 천에선 매캐한 냄새가 번져 나왔다. 출입구 옆 작은 봉창 위로는 '수부실'이라는 글씨가 큼지막하게 자리하고 있었다. 수부실! 이젠 그 어디에서도 수부실이라는 말을 사용하지 않는다. 그러나 서울 시내, 그것도 강남역 사거리에 위치한 그 이름도 찬란한 광명장 여관에는 여전히 수부실이 있었다. 그와 그녀가 다녀본 모든 장급 여관들이 '카운터'라는 이름으로 개명한지 이미 오래였다. 좀 더 앞선 장급 여관이나 모텔에선 '프런트'라는 말로 대체된 지가 언젠데 여전히 수부실이라니……. 수부실 문이 열리면서 50대 남자가 기웃 내다보았다. 그와 그녀는 수부실로 다가갔다. 남자는 철민과 송이를 위 아래로 잠시 훑어보았다. 아마도 성년, 미성년을 확인하는 모양이었다.

"쉬었다 갈 거요? 숙박하실 거요?"

철민이 대답했다.

"쉬었다 가요."

"만5천 원입니다."

철민이 지갑을 여는데 송이가 끼어들었다.

"숙박할 거예요."

남자는 송이를 힐끔 쳐다보았다.

"그럼 2만5천 원입니다."

그러면서 두툼한 장부책 같은 서류뭉치 한 권을 내밀었다.

뭔가 싶어 내려다보니 시커먼 표지에 '숙박부'라는 글자가 선명했다.

수부실에 숙박부, 얼마 만에 들어보는 단어들인가. 철민은 숙박부에 주소와 이름과 나이, 주민번호를 적고 난 뒤 송이에게 넘겨주었다. 송이도 신기한 경험을 한다는 듯 자신의 신상을 또박또박 적어 넣었다. 문제는 그 다음이었다. 남자는 숙박부에 적힌 신상을 자세히 보더니 주민증 제출을 요구했다. 점입가경이었다. 철민과 송이가 주민증을 내어주자, 남자는 찬찬히 주민증과 숙박부를 대차대조 한 다음 자리에서 벌떡 일어나 수부실에서 나왔다.

"자아, 갑시다."

남자는 런닝셔츠 바람이었다. 얼마나 오랫동안 입었는지, 어깨끈이 축 늘어지고 등판은 땀에 젖어 있고 목선으론 땟국물이 흘렀다. 철민과 송이는 잠시 어리둥절했다. 가자니? 어딜 가자는 것인가? 남자는 칫솔과 수건과 요구르트가 담긴 스테인리스 쟁반을 들고 앞서 계단을 올라가고 있었다. 남자는 3층 끝 방 309호 문을 열어주었다. 그리곤 다시 한 번 그와 그녀의 얼굴을 한참동안 쳐다보았다. 그러더니 인상과 어울리지 않게 고개를 숙여 인사까지 했다.

"젊은이들, 편히 쉬시다 가시게."

그리고는 내려갔다.

"회전율 5할대 미만에 동의 두 표!"

"그래 곧 망할 집의 3박자가 따닥이지?"

"완벽해."

95

"그래서 숙박으로 바꾼 거야. 연구할 게 많은 집이거든."

"동의 세 표!"

방안은 그야말로 상투적이었다. 14인치 텔레비전에 침대 하나, 에어컨, 새시 유리문의 화장실. 송이는 에어컨 위쪽을 손바닥으로 훑어보았다. 허연 먼지들이 덩어리로 묻어 나왔다. 철민은 침대 매트리스를 들췄다. 그 아래엔 과자 부스러기며, 내용물이 굳어서 딱딱한 채 말라비틀어져 있는 CD와 CD케이스(여기서 CD라 함은 콤팩트디스크의 이니셜이 아닌 콘돔의 준말이다.), 한 쪽뿐인 귀걸이 등등. 철민은 귀걸이를 햇살 아래 들어보았다. 반짝이는 보석이 박혀있었다.

"전리품 하나."

송이가 귀걸이를 건네받아 다시 살폈다.

"큐빅이야."

철민이 말했다.

"더 볼 것도 없네, 괜히 긴 걸로 끊었어."

"아냐, 하루 밤 있어보면서 서비스의 질을 한 번 체크해 보고 싶어."

8개월 동안 그와 그녀는 서울·경기 일대의 다양한 여관들을 거의 다 훑었다. 그리고 여관을 이용하는 남녀들을 위해서 다양한 상황에 맞게 일목요연한 정리를 했다. 여관이라는 그 이름은 단순하지만 그 위치와 서비스의 질과 내용은 천차만 별이었다. 몸으로 사랑을 나눈다는 공통점은 있지만 이용자의 배경 역시 다양했다. 이를테면 처음으로 여관을 가는 경우가 있을 것이다. 처음으로 간다는 것도 다 똑같은 경우도 아니다. 만난 지 꽤 오래된 연인인데도 서로가 쑥스러워서, 혹은 이런저런 이유로, 만난 지 며칠 기념으로 겨우 맘먹고 가는 경우, 철민과 송이처럼 만난 지 몇 시간 만에 무슨 교통사고처럼 충동적으로 가는 경우, 고등학교를 갓 졸업한 성인 초년생 연인인 경우, 불륜인 경우, 불륜이라고 해도 한쪽은 싱글이고 한쪽은 배후자가 있는 경우, 양쪽 다 더블일 경우, 시선 따윈 신경 쓰지 않는데 불행하게도 여관비를 걱정해야하는 가난한 연인일 경우……. 그야말로 사람 숫자만큼이나 다양한 게 연인들의 경우의 수다. 또한 어떤 사람한테 치명적인 약점의 여관이 어떤 경우엔 절대적인 미덕인 경우도 있다. 이런 경우의 수를 모두 가정한 원고를 며칠 전 끝마쳤다. 이제 여관판 미슐랭 가이드의 에필로그를 만들 차례가 온 것이다. 에필로그는 무엇으로 할 것 인가에 대한 고민을 하다가 두 사람이 내린 결론은 이것이다. 즉 연인들의 경우의 수는 다양하지만 그 모든 것을 초월하는 공통분모로서 '절대 이런 여관은 어떤 경우에도 가면 안 된다.'의 샘플을 에필로그로 장식하기로 한 것이다. 좋은 여관 찾기는 쉬워도 최악의 여관은 생각만큼 눈에 잘 띄지가 않았다. 철민과 송이는 서울·경기 지역의 어느 곳이라도, 동네 이름만 내뱉고 잠시 눈을 감으면 위치가 좌~악 그려질 정도로 여관의 달인이 되어 있었다.

그 명성도 자자했던 장미여관에서부터―물론 신촌의 원조 장미는 문을 닫은 지 이미 오래됐지만 짝퉁 장미여관은 서울 시내 구역별로 다 하나씩은 있다.―외관은 번드르르 하지만 속은 뛰쳐나오고 싶었던 왕초 소굴 같았던 신림동의 궁전장 여관, 오렌지주스를 서비스로 제공하는 을지로의 따봉장 여관, 방안의 9할을 침대가 버티고 있어서 뚱뚱한 사람은 문 열고 들어가면 바로 침대 위로 뛰어올라야 하는 길동의 청림장 여관―이런저런 절차 없이 침대 위로 바로 뛰기엔 최적이다.―천장에 거울이 어찌나 허접하게 달려있는지 그거 떨어질까 봐 밤새 조마조마 하다가 결국 악몽까지 꾸었던 성내동의 블루장 여관, 화장실 문이 전면 거울로 돼있던 청량리의 낙원장 여관, 대실 2만 원에 숙박 3만 원이라는 엄청난 가격대에 비해 방은 코딱지만 해서 기절할 뻔 했던 반도장 여관― 신사동 사거리였나? 역시 여관은 상권 좋은데 들어갈 게 못됨을 뼈저리게 각성시켜준 고마운 곳―은평구 신사동의 핑크장 여관, 신천역 부근의─강북의 신촌이 아닌, 잠실의 신천─여 관촌 첫 째집 홀인원 여관(대실 딱 2시간 주고 1분의 오차도 없 이 득달같이 전화해서 쫓아내는, 역시 상권 밀집지역의 숙박은 인 정머리가 없다니까.), 피임약 이름 닮아 괜스레 쑥스러워지는 노원구의 노원장 여관, 그 이름도 진부한 갈월동의 한일장 여 관, 주민증 없다고 입장거절 당한 광장동의 서울장 여관…….

지난 8개월 동안 송이와 철민은 오체투지의 몸짓으로 여관 들을 꼼꼼하게 순례했다. 처음에는 쑥스럽더니 조금씩 뻔뻔 해지면서 설레였고 설렘과 함께 익숙함이 자리 잡더니 이제 는 집보다 여관이 편해지는 관성에 까지 이르렀다. 돌이켜 보 면 그 고난의 행군을 눈물 없이는 말 할 수 없으리라. 그럴 수 밖에……. 그와 그녀는 이렇다 할 수입원이 없는 청년 실업자 들이 아니었던가. 밥 먹어야지, 여관비 돼야지, 차비 해야지, 장거리 뛸 땐 프라이드 기름 넣어야지, 가끔은 맥주라도 사들 고 들어가 마셔야지, 대실 끊어놓고 전철 시간 놓치면 추가요 금 없이 숙박하려고 카운터 아줌마와 입씨름 해야지. 그야말 로 생각할수록 눈물이 왈칵 쏟아질 지경이다. 그러다보니 아 르바이트가 생기면 무엇이든 했다. 구청에서 벌이는 하수구 진흙을 퍼내는 일, 현수막 내다 걸기, 아이 봐주기, 편의점 근무, 전단지 돌리기……. 그 8개월 동안 송이와 철민은 세상에 이렇게나 비정규직이 많다는 사실에 새삼 놀랐고, 그런 열악한 환경에서도 일주일에 최소한 5군데 이상의 여관을 훑고 또 훑었다. 그렇게 해서 항목별로, 용도별로 장단점과 가격대비 우열을 꼼꼼하게 분석하고 정리해 종합 보고서를 만들었다. 풍찬노숙의 세월이랄까. 어느 날은 대실비만 달랑 들고 차비가 없어서 잠실에서 길동까지 걸어간 적도 있다.

"아, 고산자 김정호가 왜 위대한 인물인지 이제야 알겠어요."

그랬다. 그와 그녀는 고산자의 대동여지도 그리기 못지않은 사명감으로 걷고 또 걸었다. 이 땅의 길 잃은 연인들에게 길잡이를 찾아주는 것만큼 보람찬 일이 또 어디 있겠는가.

이제 그 고난의 행군도 마지막 지점에 이르렀다. 광명장에서 이들의 대동여지도는 마침표를 찍게 될 것이다. 바로 여관판 미슐랭 가이드의 에필로그, 즉 화룡점정을 장식할 샘플로서 발견한 광명장에 들어온 것이다. 출입구부터가 그들의 기대치를 충분히 충족시켜줬다. 건너편에서 봤을 때 어떤 창에는 떠돌이 무속인이 상주하는지 만(卍자)가 선팅돼 있고, 입구엔 짬뽕 그릇, 그리고 수부실에, 숙박부, 런닝셔츠를 입은

50대 아저씨, 청소상태며 복도 상황이 모두 완벽했다. 게다가 가장 치명적인, 큰길가에 자리 잡은 위치하며⋯⋯.

각 항목별 체크란에 표시를 할 필요가 없었다. 체크란 표시가 문제가 아닌 것이다. 이 여관을 샘플로 '이런 여관 절대로 안 된다.'의 종합적인 의견을 작성하면 될 것이다. 힘들게 찾았지만 그 모든 조건이 충족된 곳을 찾자 맥이 빠졌다. 철민이 에어컨을 켰다. 수 십대의 탱크가 과르르 몰려오는 소리가 들렸다. 에어컨마저 완벽했다. 아마도 십 수 년은 더 됐음직한 에어컨이었다. 더위에 폭삭 익어 죽는 게 여기 있는 것 보다 나을 것 같았다. 송이는 얼른 에어컨을 껐다. 에어컨이 꺼지자 창밖의 자동차 소음이 굉굉거리며 울려왔다. 때는 7월 하순의 오후 2시, 폭염의 클라이맥스에 최악의 여관에 들어선 철민과 송이. 에어컨이 꺼지자 두 사람의 이마엔 땀이 줄줄 흘려 내렸다.

침대 곁에 마침 선풍기가 있었다. 철민과 송이는 선풍기 앞에 앉아 땀을 식히면서 옷을 하나씩 벗어 던졌다. 선풍기 바람으로 땀을 대충 식힌 두 사람은 각자의 가방에서 그 동안 써 왔던 원고를 꺼냈다.

원고의 주된 맥락은 여관 가이드이지만 큰 줄기 사이사이에 보너스도 끼어 넣었다. 여관이란 무엇인가? 바로 남녀가 사랑을 나누는 곳이지 않은가. 그렇다면 공간 가이드와 함께 소프트웨어에 관한 언급도 피할 수 없으리라. 그것은 바로 남녀가 몸으로 나누는 대화에 관한 안내다. 송이와 철민은 그다지 경험이 많은 경우가 아니었다. 일반적인 그 또래에 비하면 오히려 늦되었다고도 할 수 있다. 처음엔 그 소프트웨어를 어떻게 채워 넣을 것인지 고민했다. 자료를 찾아봐야 하나? 성인 비디오를 검토해 봐야 하나? 그 방면의 선수들을 취재해야 하나? 이런저런 고민을 하다가 내린 결론은 바로 자신들의 경험을 솔직하게 털어놓자는 것이었다. 이 책은 어차피 평범한 갑남을녀들을 위한 가이드이지 않은가. 그렇다면 자신들처럼 경험이 일천한 경우에는 어떻게 해야 하는가? 처음엔 힘들었지만 차츰 어떻게 몸이 열렸는가를 그냥 있는 그대로 진솔하게 드러내는 게 오히려 신뢰감을 줄 수 있다고 생각했다.

처음 만난 지난 겨울 신촌의 밤을 생각하면 쓴 웃음밖에 나오지 않았다. 몰라도 정말 너무 몰랐던 시절이었다. 이제 겨우 반년 남짓인데, 지금 두 사람은 완전히 다른 세상에 살고 있는 것 같았다. 정말이지, 누가 가르쳐주지 않았는데도 어떻게 그렇게 나날이 발전에 발전을 거듭할 수 있었는지……

그와 그녀가 '추억 만들기'에서 처음 침대에 올라갔을 때 왜 잘 되지 않았는지는 얼마 후에 알게 됐다. 그건 바로 마음이 가지 않은 상태에서 성급하게 몸이 먼저 갔기 때문이었다.

그러나 서로를 바라보면서 사랑을 하고 있다는 것을 느끼고 다시 했을 때, 바로 그때부터 그와 그녀의 몸은 열리기 시작했다. 철민은 송이의 몸이 마치 비행기가 이륙하는 것과 비슷하다는 생각이 들었다. 첫날 금방 열어줄 것 같았지만 결국 실패했고 그 다음에 추억 만들기에서도 역시 실패했다. 그리고 만난 지 며칠 만에야 겨우 두 사람의 접속은 제대로 이뤄졌다. 그런데 첫 접속에 비하자면 그 다음부터의 속도는 엄청나게 가속도가 붙었다. 바로 세 번째로 간 곳에서부터 두 사람은 하나가 됐다. 바로 맘보장이었다.

가 속 도

다시 몇 달 전.

맘보장은 수유리에 있었다. 4·19 기념탑에서 북한산 계곡을 따라 500미터쯤 올라가면 됐다. 방으로 들어서자 송이는 방안을 살피며 메모를 하기 시작했다.

그러자 철민은 송이의 어깨를 잡아 세웠다.

"우리 그거 한 번 하고 일 시작하면 안 돼요?"

송이는 이마위로 흘러내리는 머리칼을 입바람으로 불어 올리며 푸훗 웃었다.

"왜 웃어요?"

"나 내숭과 같죠?"

"네에."

"남자 가지고 장난치는 것 같죠?"

"네에."

"줄 듯 말 듯 약 올리는 못된 년 같죠?"

"네에."

"근데 왜 나한테 이러세요?"

"사실은 내숭과도, 장난도, 못된 년도 아닌 줄 알아요."

"그걸 어떻게 알아요?"

"천 년을 함께 살아도 모르고 살아가는 사람이 있고, 한 순간의 눈빛에도 그 사람이 누군지 알 수 있다면서요."

송이는 진지하게 말하고 있는 철민을 말끄러미 바라보았다. 철민은 크게 심호흡을 하고는 말을 이었다.

"어제 강화도에서 그거 하고 난 뒤부터 송이 씨가 굉장히 가깝게 느껴졌어요."

"……."

"그전에 추억 만들기에서는 왜 그렇게 힘들었는지도 알 것 같았고요."

"……."

"내 몸이 너무 무식했어요. 숲 속의 빈터에서 두 번째 할 때는 달랐거든요. 그때 송이 씨 얼굴을 보면서, 아 이 사람 좋다, 참 좋은 사람이다. 뭐 그런 감정이 구체적으로 생기서 하니까 다르더라고요."

"꽤 ○ 구 많이 하셨네요."

"경○ 이 많지 않음 연구라도 해야죠."

"난 ○실 처녀도 아니에요."

"저 ○ 사실 숫총각 아닌걸요."

"○ ○ 처음 했어요?"

"○ 대 갔을 때요."

"○ 구랑요?"

"○ 교 선배랑요."

"○떤 선배요? 얘기 좀 해봐요."

1년 선배라곤 하지만 나이는 나와 같았어요. 그런데도 그 자는 늘 누나 같았어요. 강원도 인제에서 군 생활을 했는데 그 누나가 면회를 왔어요. 정말 추운 곳이었죠. 특히, 나는 피부가 건성이라 겨울이 되면 얼굴 꼴이 말이 아니거든요. 그땐 졸병 때라서 더 엉망이었죠. 얼굴에 온통 버짐꽃이 피어서 손바닥으로 문지르기만 해도 허연 각질들이 풀풀 날렸어요. 그래서 부대에서 내 별명이 '스노우맨'이었어요. 여자가 면회오면 외박이 됐기 때문에 그 선배랑 부대 앞 여관에 갔어요. 사실 선배라서 섹스 같은 건 언감생심이었고 단지 민간 방에서 잔다는 것만으로도 좋았어요. 그 부대 앞 여관, 말이 여관이지 수준은 최악의 여인숙이었어요. 들어가자마자 피곤해서 푹 고꾸라졌는데 잠결에 계속 들락거리는 소리가 들리는 거예요. 저 선배가 뭘 하나 싶으면서도 잠이 들었어요. 그런데 한참 뒤에 그 선배가 깨우는 거예요. 방 옆에 콧구멍만한 욕실이 있었는데, 물론 욕조도 없는 그런 욕실이었어요. 선배가 날 욕실로 데리고 가지 뭐예요. 잠결에 보니까 빨간 대야에 하얀 물이 찰랑거리는 거예요. 그게 뭔가 싶어 한참을 봤죠. 우유 같기도 하고 비눗물 같기도 하고……. 우유였어요. 빨간 대야 옆에 빈 우유팩들이 가득 쌓여있는 걸 보고 알았지요. 선배가 날 보고 옷을 벗으라고 했어요. 난방도 되지 않는 욕실에서 덜덜덜 떨면서 웅크리고 앉았죠. 선배가 측은한 눈으로 날 보면서 피부 마사지에는 우유가 좋다면서 내 얼굴과 등을 우유로 닦아주는 거예요. 몸은 자동으로 덜덜덜 떨리는데 추운 줄도 모르겠더라고요. 그저 아이처럼 오도카니 앉아서 우유 목욕을 했어요. 그리고 방으로 들어와서 그 선배랑 섹스를 했어요. 그때 너무 기쁘고 감동을 해서 어떻게 했는지도 모르게 하고 그 선배 가슴에 머리 박고는 막 울었어요. 그런데 울다가 나도 모르게 이상한 단어가 입에서 튀어나오지 뭐예요."

"그게 뭔데요?"

"엄마아! 엄마아!"

"근데 왜 헤어졌어요?"

"엄마랑 누나랑 연애할 수는 없잖아요."

"별로 사랑하지 않았구나. 진짜 사랑한 여자는 없었어요?"

"……."

"어, 심각해지셨네."

"진짜 사랑했어요. 근데 그 누나는 내가 징검다리였데요. 징검다리 건너 다른 남자한테 가버렸어요. 이름이 선영이였는데, 지금도 선영이라는 이름가진 여자를 보면 가슴이 쿵덕거려요."

"뭐 하는 남잔데요?"

"글 쓰는 남자래요."

"철민 씨도 글 쓰잖아요."

"나랑은 경쟁도 되지 않을 만큼 유명해요."

"얼마나 유명해요?"

"인도하고도 안 바꾸는 남자래요."

"셰익스피어?"

"네에, 셰익스피어에 미쳐서 영국으로 유학 가버렸어요. 시시하죠? 송이 씨도 얘기해줘요."

"내 경우도 시시해요. 대학 1학년 때 MT 갔을 때였어요. 강가에서 술 마시고 놀다가 몇 명씩 무리지어 다시 방으로 옮겼어요. 우리 방에는 남학생 서넛에 여학생이 너댓 정도 됐어요. 다들 술에 취해서 비몽사몽간에 이쪽저쪽으로 나 뒹굴었어요. 그런데 잠결에 숨이 막혀 오는 거예요. 처음에는 술 때문에 목이 마른 줄 알았어요. 물론 갈증도 났지만 그게 아니었어요. 누군가의 팔이 내 목을 휘감고 있었고 내 바지는 무릎까지 내려가 있었어요. 바로 옆에서는 애들의 코고는 소리가 들리지, 어떻게 해야 좋을지 몰랐어요. 그런데 더 큰일은 눈을 뜰 수가 없는 거예요. 눈을 뜨고 소리를 질러야 하는데 뭐가 무서웠는지, 소리날까봐 내가 더 조바심 내며 몸을 뒤틀고 그 남자는 악착같이 밀고 들어오는 거예요. 처음 술을 배울 때라서 정신이 굉장히 혼미한 상태였어요. 그 남자의 그것 때문이었는지 아님 과음 때문이었는지 정신을 놓았다가 깼다가……. 그렇게 정신을 잃었어요. 아침에 깨어보니 내 허벅지 부근에 이물질 같은 게 말라서 버석거리데요. 근데 웃기는 건, 그 남자가 내게 진짜로 넣었는지 어쩐지도 잘 모를 정도로 숙취 때문에 괴로웠다는 거예요. 당연히 그 남자가 누구였는지 알 수 없었지요. 나도 참……. 그때 일을 생각하면 웃겨요. 그래서 졸업 할 때까지 그때 한 방에 있었던 남자들만 보면 다 강간범 같았어요. 첫경험치고 좀 추잡하죠?"

"아뇨, 굉장히 사실적이네요. 대게 첫경험 얘기하라면 누구나 달콤하고 근사하고 핑크빛 배경이 들어가잖아요. 전 그런 건 믿지 않아요. 첫경험인데 그럴 정신이 어디 있겠어요. 또 첫경험이란 게 작심하고 하는 게 아니라 얼떨결에 하는 경우가 많은데, 그게 처음이었는지 아닌지도 긴가민가 하지 않나요? 첫경험 얘기하면서 그럴싸하게 얘기 늘어놓는 친구 보면 어, 이 친구도 뻥쟁이구나 싶어요. 송이 씨 경우는 거의 준강간이네요. 그런데도 남의 일처럼 얘기해요?"

"너무 뼈에 사무치면 그렇게 얘기하게 돼요. 사실 그러고는 나 자신한테도 그 사건을 모른 척 하려고 무지 노력했는데도 그 인간들과 얼굴 마주치면 자꾸 그날 밤이 떠올라요. 지금 생각해보면 다들 순진한 애들이었는데……. 내가 내 몸을 지키지 못했다는 자책감도 있었고. 뭐 그런 자책감이 자꾸 들다보니 남자랑 조금만 묘한 분위기다 싶으면 몸에 닭살부터 돋고, 경계심이 순간적으로 눈덩이처럼 부풀어 오르고 그랬어요. 좀 이상하게 변하더라고요. 학교 졸업하고 나이도 먹을 만큼 먹었고, 더 이상 이렇게 살면 안 되겠다 싶었어요. 사실 철민 씨 처음 만난 날, 저 남자에게 부탁해야겠다 싶은 맘이 생겼어요."

"부탁? 무슨 부탁이요?"

"나 통과의례하고 싶은데 도와달라는 것."

"아 그랬었구나."

"쉽진 않았지만, 그래도 우리 나중엔 하게 됐잖아요."

"어땠어요?"

"강화도에서 처음 했을 땐 아픈 거 100이었다면. 두 번째는 아픈 거 80에 좋은 기분이 20정도 됐어요."

"지금 다시 해볼래요? 아픈 수치 낮춰지나."

"잠깐만 눈 좀 감아 봐요."

철민은 눈을 감고 입술을 오므리며 앞으로 내밀었다. 여자가 눈을 감으라는 건 키스를 하겠다는 뜻이 아니겠는가. 철민은 눈을 감고 기다렸지만 입술에는 아무것도 다가오지 않았다. 송이는 쑥 내민 그의 입술에 손가락을 톡 퉁기면서 핀잔을 주었다. 철민의 입술이 계면쩍게 쏙 들어갔다. 철민이 볼멘소리로 물었다.

"어쩌라고요?"

"다시 눈감고 서로 좋은 점 3가지씩만 떠올려봐요."

"왜요?"

"철민 씨가 좋아서요."

"말로 해야 하나요?"

"아뇨 생각만 해도 되요. 자아, 하나! 송이가 좋은 점……."

"……."

"두울! 송이가 좋은 점……. 지금 생각하고 있어요?"

"네에."

"세엣! 송이가 좋은 점……."

"……."

두 사람은 명상하듯 말없이 눈을 감고 잠시 침묵 속으로 빠졌다. 잠시 후 철민이 입을 열었다.

"말 해줄까요?"

"아뇨, 그냥 마음 속에 담아둬요."

"그럼 송이 씨도 눈 감아 봐요. 그리고 나 임철민이 좋은 점 세 가지만 떠올려 봐요. 하나아! 철민이 좋은 점……. 지금 생각하고 있어요?"

"네에……."

"두울! 철민이 좋은 점……."

"세엣! 철민이 좋은 점……."

"다 생각했어요?"

"네에……."

생각에 젖어 있던 송이가 눈을 뜨려는 순간 철민의 입술이 송이의 입술을 덮쳤다. 송이는 다시 눈을 감았다. 철민은 쿵쾅거리는 가슴을 억누르며 속으로 되뇌었다. 천천히, 천천히,

한 마음 쉬고, 차분히, 천천히, 차분히……. 철민은 거의 주문처럼 천천히와 차분히를 마음속으로 외면서 그녀의 입술에 자신의 입술을 얹었다. 그녀의 입술에서 미세한 반응이 일어났다. 그와 그녀는 몸의 스침에 정신을 집중했다. 철민의 콧잔등은 그녀의 볼을 타고 목 언저리를 지나서 가슴까지 내려왔다. 지난번과는 확연히 다른 느낌이었다. 송이는 이제 완연히 문을 열어주었다. 철민은 마치 당겨들듯이 안쪽으로 무사히 들어섰다. 송이의 안쪽은 홍건한 물기로 출렁거렸다. 철민의 몸이 불쑥 힘을 주면서 밀어붙였고 송이는 본능적으로 뒤로 물러섰다. 철민은 순간 아차! 싶었다. 또 성급한 본능이 고개를 든 것이다. 철민은 또다시 주문을 외웠다. 천천히, 차분히, 부드럽게, 송이의 좋은 점 떠 올리기. 철민은 힘으로 밀어붙이기를 자제했다. 동굴의 중앙을 직진으로 통과하기를 자제했다. 대신 그녀의 동굴 안 벽 쪽에 자신의 것을 밀착시켰다. 철민은 송이의 동굴 벽을 타고 조금씩 조금씩 이동을 했다. 달팽이의 산책처럼 게으르고 나른하게 움직여갔다.

얼마나 이동했을까? 시간과 거리는 멈춰졌다. 달팽이 산책은 길었고 많은 시간이 흘렀다. 철민의 그것은 비록 느리지만 잠시도 쉬지 않고 일정한 간격으로 움직여갔다. 그러다가 어느 지점에 닿는 순간 송이의 몸이 움찔했다. 송이의 입에서

아……하! 하는 탄성이 쏟아져 나왔다. 아주 중요한 지점을 건드렸다는 것을 철민은 본능적으로 감지했다.

달팽이는 다시 그 지점을 향해 살짝 후진했다. 송이의 몸이 다시 한 번 떨려왔다. 철민 역시 떨렸다. 몸속에 있던 하얀 올챙이들이 밖으로 뛰쳐나가려고 발버둥을 쳤다. 철민은 입술을 깨물었다. 숨을 크게 들이마시면서 자신의 그 끝으로만 모여진 감각들을 바깥으로 분산시키려고 애를 썼다. 달팽이는 이제 이동하지 않고 송이의 그 지점을 맴돌았다. 그 지점에 달팽이가 움직일 때 마다 송이는 핑 도는 어지럼증을 느꼈다. 청룡열차가 아래로 내리 꽂히는 출렁임이었다. 철민이 다시 한 번 그 지점을 건드렸다. 송이의 머릿속에는 붉게 피어오른 열대식물의 커다란 꽃잎 하나가 떠올랐다. 활짝 열린 꽃잎 사이로 미끈하게 솟아오른 수술대 하나.

수술대 줄기에는 꽃가루가 가득하고 화려한 무늬의 호랑나비 한마리가 날아와 수술대에 앉는다. 나비가 날아와 수술대를 건드리자 노란 꽃가루들이 사방팔방으로 날아올랐다. 날아오른 꽃가루들은 다시 호랑나비로 변해서 저 멀리 석양속으로 흩어져 갔다. 흩어져 가는 수천 수만의 나비떼들. 수천 수만의 나비떼들은 하늘 가득 채우면서 기묘한 도형으로도 변해갔다. 도형은 문자로도 바뀌고 숫자 같은 형상이 돼 춤추고 있었다. 살살풀풀하여라. 어떤 숫자는 저 혼자 날아가고 어떤 숫자는 짝을 지어 날아갔다. 아하…… 아하…… 아하……. 송이는 참을 수 없는 탄성을 쏟아내며 마치 신들린 것처럼 중얼거렸다.

"하아…… 하아…… 3…… 3은 여우…… 하아……37, 하아…… 37은 노을 빛…… 하아…… 흐으음…… 39…… 39는 27…… 27은…… 사랑…… 하아…… 잠자리…… 잠자리는…… 45…… 45는 20…… 20은 치이타…… 치이타는 달린다…… 하아, 하아…… 22…… 22는 붉은 꽃…… 아하…… 붉은 꽃…… 붉은…… 44는 타히티의 처녀, 72는 여름 저녁…… 11은 측백나무…… 117은 싱가폴…… 아…… 싱가폴…… 싱가아포올!…… 34는 제비꽃…… 2는 야상곡…… 9는 모차르트…… 3…… 99…… 69…… 69는 54…… 69는 54…… 54는 철민 씨…… 하아…… 하아…… 77은 49, 49는 인생…… 55는 24, 24는 농담…… 후우…… 하아…… 66은 36, 36은 침대……."

철민과 송이는미동도 없이 천장을 바라보며 누워있었다. 철민은 녹초가 됐다. 마지막 순간 두 주먹을 모아 물수건을 꼬~옥 짜듯이 모두 털어내었다. 자신의 몸에 있던 근육과 피부와 뼈마디 모두를 다 짜내고 거죽만 남은 듯한 기분이었다. 한 꺼풀의 거죽으로만 남은 몸을 볕 좋은 빨래 줄에 내다 걸어두고 싶은 심정이었다. 잠시 뒤 송이의 손이 철민의 손을 잡았다. 두 사람은 몸을 모로 눕히고 서로를 바라보았다.

"평소에 숫자 헤아리기 좋아해요?"

"몰라, 왜 갑자기 그 순간에 숫자들이 떠돌아다녔는지."

"송이 씨가 숫자를 막 읊으니까 숫자에도 성별이 있는 것 같아……. 1은 남성, 2는 여성, 3도 여성, 4는 남성, 5는 여성, 6도 여성, 7은 남성, 8은 여성, 9도 여성, 10은 양성, 11은 게이, 33은 레즈비언……."

"처음엔 아픈 것만 100이었고, 그 다음엔 80정도……. 오늘은 하나도 안 아파. 이상해……. 어떻게 하나도 안 아플까?"

"나도 그래……. 어떻게 그 긴 시간동안 참았는지 몰라. 너 참 잘 한다."

"피이……. 그렇게 말하는 사람은 또 어떻고."

"오송이! 근데 언제부터 나한테 반말이지?"

"임철민! 넌 왜 나한테 반말이야?"

하나도 아프지 않았다고는 했지만, 사실 송이는 뻐근한 미통감을 느꼈다. 하지만 기분 좋은 통증이었다. 두 사람의 소통은 그날로 완전하게 이뤄졌다. 소통이 이뤄진 연인, 즉 몸을 나눈 연인들의 첫 번째 공통점이 반말을 나눈다는 것이다. 이상한 일이다. 이렇듯 남녀 간의 일이란 게 누가 가르쳐주지 않아도 자연스레 그 원칙을 따르는 법이다. 서로의 몸 그 내밀한 곳을 알게 되고 편하게 말을 놓게 되고, 그 다음은 뭘까?

맘보장. 그녀와 그가 만난 지 일주일 만에 들어간 여관. 수유리 4.19 기념탑 계곡을 따라 500미터……. 이렇다 할 특징이 없어서 그들의 가이드북에는 전혀 기여를 못한 여관이었다. 북한산 아래로 땅거미가 밀려 올 때즈음 그들은 그곳을 나왔다. 두 사람은 서로의 손을 잡고 흔들흔들 흔들면서 여관을 되돌아보았다. 때마침 맘보장이라는 간판에 불이 들어오고 있었다. 그와 그녀의 입에선 동시에 노래가 흘러나왔다.

'닐리리야 닐리리 닐리리 맘보
닐리리야 닐리리 닐리리 맘보오~~~

……

님 계신 곳을 알아야 알아야지

……

보내 드리니……

117

닐리리야 닐리리 …… 닐리리 맘보오~~~

　그날은 송이와 철민의 관계가 제자리를 잡은 날이었다. 그
날 이후, 땅을 박차고 이륙한 비행기가 제대로 된 항로를 잡
고 나는 것처럼 둘의 사랑에도 가속도가 붙기 시작했다.

사랑의 유효기간

방바닥에 펼쳐놓은 원고들을 보고 있자니 그동안 순례한 여관의 숫자만 해도 거의 300곳이 넘었다. 그중에서 샘플로 소개할만한 곳은 대략 50군데 정도 됐다. 철민이 손가락으로 뭔가를 계산하면서 말했다.

"그럼 그 동안 우린 몇 번 했지? 많이 한 날은 6번도 했던 것 같고, 안 한 날도 있었고, 평균치로 잡으면 하루 2.5회, 240일이니까……. 와우! 놀라워라. 500번이 훨씬 넘네."

"그런데도 내 몸이 지겹지 않아?"

"그러게 말이야, 이젠 지겨워질 때도 됐을 텐데……. 우리 혹시 짐승 아냐?"

"철민이 넌 어떨지 모르지만, 난 평생 네가 하나도 안 지겨울 것 같아."

"나도 그래. 너랑 할 때 마다 느낌이 달라."

"어떻게 달라?"

"매일매일 다른 것도 그렇지만 같은 날이라도 할 때 마다 반응 감도가 달라. 아니 할 때 마다 뿐만 아니라 하는 중간에도 여러 가지 표정으로 변해. 만약 그것도 얼굴이 있다면 네건 천의 얼굴을 가진 명배우 그 자체야."

"치이~ 그렇게 말하는 사람은 또 어떻고. 난 아무래도 믿을 수가 없어. 네가 여자 경험이 별로 없었다는 게……. 처음에는 좀 무식했지만, 맘보장 이후부터는 넌 완전 선수였어. 어쩜 그렇게 밀고 당기고 호흡을 잘 조절하고 적절하게 딱 맞출 수 있어. 너 혹시 나 만나기 전에 그 쪽 방면의 선수생활 한 거 아냐?"

"그건, 내가 할 소리네요. 네 느낌이 어떠냐 하면 마치 나를 막 녹이는 것 같아. 어떨 땐 굉장히 센 힘으로 막 조여 오다가, 어떤 때 부들부들하게 늘어져 있고, 또 그러다가는 살살 구슬리는 것 같기도 하고……. 블랙홀이란 게 이런 거구나 싶을 만큼 정신이 아득해져."

"아휴, 날씨도 더운데 그런 얘기 그만해, 하고 싶어진단 말이야."

"하면 되지."

"더워서 싫어."

철민은 송이의 겨드랑이쪽으로 고개를 들이밀었다.

"아, 이 냄새 좋다."

"땀냄새야."

"그래, 이 땀냄새가 늘 자극적이야."

철민은 송이를 계속 밀어붙였다.

철민의 눈빛이 순간 회번덕이면서 목소리가 거칠어졌다.

"필요 없어. 옷 입은 채로 너의 속옷을 찢어줄 거야."

"흐응."

철민의 거친 음성에 송이의 눈빛은 금방 흐응~ 하면서 착
가라앉았다. 철민의 돌변한 표정만큼이나 송이의 음성도 갑
자기 끈적하게 변했다.

"아, 안 돼요 안 돼요. 제발."

두 사람은 연기자처럼, 평소의 음성이 아닌 다른 누군가가
몸속으로 들어온 것처럼 목소리가 돌변했다. 철민은 송이의
목을 거칠게 뒤로 제켰다. 그리고 다른 손은 송이의 속옷을
찢으려고 당겨 올렸다. 찢기는 대신 당겨진 속옷 때문에 송이
는 아래쪽이 아파서 비명만 질러댔다.

"계속 비명 질러! 질러!"

"악……. 아악……. 아악!"

"왜 이렇게 안 찢어지는 거야."

철민은 송이를 거칠게 몰아붙이면서 원고 옆에 뒹굴던 볼펜을 잡아들었다. 볼펜이 스판의 천을 뚫고 휘저었다. 그러자 속옷의 그 부분만 찢겨져 나갔다. 송이는 앙칼지게 소리를 질렀다.

"변태."

"그래, 나 변태야. 어쩔래?"

"나쁜 놈."

송이는 아웅, 갸르릉 거리며 이빨로 철민의 뺨을 물었다. 철민은 아악 소리를 지르면서도 몸은 더욱 밀어붙였다. 철민은 송이의 찢어진 그 부분을 통해 그녀의 몸속으로 들어갔다. 두 사람의 입은 거칠었지만 그 아래쪽은 부드럽기가 그지없었다. 미끈하게 헤엄쳐 가는 오징어 한 마리가 송이의 몸속으로 밀려들었다. 철민은 오른팔로 자신의 턱을 괴고 송이를 내려다보았다. 몸을 나눈 연인들의 두 번째 공통점은 수치심을 못 느낀다는 것이다. 못 느끼는 정도가 아니라 수치심마저도 달콤한 자극이 된다. 추억 만들기의 옆방에서 들려오던 그 야비한 욕설들의 정체를 알게 되었다. 철민의 거친 말투와 표정은 사라지고 평소의 말투로 바뀌었다.

"흐음…… 좋다…… 송이야, 움직이지 말고 가만있어. 이

상태로 좀 있자."

"이 상태로 어떻게 있어? 아까처럼 계속해줘."

"뭘?"

"욕 해줘."

"너 얌전한 오송이 맞니?"

"응, 나 원래 이런 여자야."

"하하하 귀여워."

"너도 귀여워. 특히 어설픈 욕설 마구 지껄일 때는 짜릿해져."

"미친년!"

"미친놈!"

"후욱! 너 욕 들으니 가만 못 있겠다."

"아흐…… 좀 말고, 많이 움직여줘."

송이의 몸은 탄력 좋은 고양이처럼 둥글게 휘었다. 철민은 그게 뭘 뜻하는지 잘 알고 있었다. 오르가슴 직전의 동작이다. 그는 숨을 들이마시면서 이빨을 꽉 깨물었다. 한국경제는 소생할 것인가. 임마누엘 칸트는 철학자이다. 여름은 소낙비이다. 아프리카 여행을 가야지……. 스르르르르……. 팽팽하게 긴장되었던 송이의 몸은 차츰 이완이 되었다. 그녀는 꿈틀거리고 쿨렁거리는 느낌과 함께 화르르 뭔가를 쏟아내었다. 그의 등을 움켜잡은 그녀의 손이 힘없이 풀렸다. 송이가 산등성이를 넘는 동안, 철민은 참고 있었다. 여관 가이드 책을 쓰면서 보너스로 얻은 기술이었다. 누가 가르쳐주지 않아도 철민은 그것을 스스로 터득했다. 그러기까진 송이의 역할이 절대적이었다. 그녀의 그곳에 통증이 없어지고 오직 기쁨만으로 충만될 때, 송이는 그 느낌을 솔직하게 표현했다. 그리고는 철민에게 아낌없는 칭찬을 보냈다. 칭찬에 탄력 받은 철민은 스스로 방법을 익히고 계발했다. 그 결과 8개월 만에 남자라면 누구나 부러워하는 그 경지까지 오른 것이다.

철민은 한 순간도 긴장을 놓치지 않았다. 송이가 반응을 보이면 그때부터 자신의 욕망과 자신의 감각은 뒷전으로 물리쳤다. 그리고 오직 그녀의 욕망과 그녀의 반응에만 마음을 모아 보았다. 제 배설의 해갈이 아니라 그녀가 지금 어떤 반응을 하고 있는가에만 집중했다. 자신의 욕망이 올라오면 얼른 생각을 엉뚱한 곳으로 돌려버렸다. 섹스와 전혀 상관없는 정치·사회·경제·문화 전반에 관한 심각한 사색을 해보기도 했다. 그러면 터질듯 부풀어 올랐던 것이 다소간 가라앉기도 했다. 경우에 따라선 몸과 마음을 일치시켜야 하고, 사정이 임박하면 몸과 마음을 분리했다. 일체유심조! 어찌 이리도 부처님 말씀은 세상 곳곳 미치지 않은 곳이 없을까.

고요한 평화였다. 그러나 아직 그 안에 주둔하고 있는 철민은 그대로였다. 철민은 송이를 천천히 부드럽게 훑어주었다. 이내 송이의 눈이 게슴츠레 해졌고 입술은 조금 벌어졌다. 충족의 표정이었다. 철민이 천천히 다시 움직이자 송이가 말했다.

"또 할려고?"

"아니, 이건 디저트."

"음……. 좋아…… 디저트. 여름 포도 세 알……."

"다시 한 번 올려줄까?"

"가능해?"

"응 담배 한 대 피고."

철민은 송이에게서 몸을 빼지 않은 채 손을 더듬어 담배를 빼어 물었다. 길게 담배연기를 뱉어내었다. 또 다른 한모금은 송이의 입안에 넣어주었다.

"아, 어지러워……. 피잉 돈다."

철민이 다시 움직이기 시작하자, 송이도 다시 신음을 뱉어냈다. 평화로웠던 방 안은 다시 초긴장 상태에 빠졌다.

길고도 아득한 시간의 진공 속으로 두 사람은 들어섰다. 창가의 여름 햇살은 벽을 타고 이동했다. 햇살은 침대 맡에서

TV쪽으로 건너더니 어느새 방안에서 완전히 물러났다. 방 안은 희미한 어둠이 밀려들었다. 시간은 상대성이다. 햇살이 방 안에서 완전히 물러난 긴긴 여름날 오후가 지나갔다. 길고 긴 여름날 오후가 그들에겐 한 두 시간으로 밖에 느껴지지 않았다. 몸을 나눈 연인들의 세 번째 공통점은 시간의 상대성이다. 자연의 시간보다 그들만의 시간은 엄청나게 짧아진다.

비빔냉면과 낙지볶음이 배달되었다. 방바닥에 퍼질러 앉아 땀을 뻘뻘 흘리며 먹고 있는 모습이라니, 마치 두 마리의 아귀 같았다. 두 사람의 입가엔 고추장이 번들거리고 입안에 씹다만 음식들로 불룩했다. 철민은 입 안에 음식을 넣은 채로 송이에게 키스를 했다. 송이의 입 안에 있던 밥알들이 철민의 혀끝에 걸렸고, 철민의 입 안에 있던 토막 난 면발들이 송이의 입으로 넘어왔다. 그와 그녀의 입 안은 밥알과 면발들로 뒤섞였다. 몸을 나눈 연인들의 네 번째 공통점은 불결함을 못 느낀다는 것이다. 불결함을 느낀다면 어찌 그런 일이 가능하겠는가.

평상심으로 보자면 사랑에 빠진 남녀들의 행위는 제정신이 아니라고 밖에 할 수 없다. 사랑의 호르몬은 이렇게나 막강하다. 그와 그녀는 먹다 만 음식 그릇들을 치우지도 않고 몸만 침대위로 옮겨가 누웠다. 포만감이 눈꺼풀을 덮어왔다.

"밥 먹고 바로 누우면 소 된다던데."

철민은 목을 길게 빼면서 소리 질렀다.

"음메에에……."

"황소 아저씨, 저 그릇들 좀 치워라."

"놔둬, 저 꼬리한 냄새도 좋다."

"애가 점점 변태가 되어간다니까."

"내가 말했지, 세상에 변태는 없다고."

"단지 사랑만 있을뿐이다아?"

"나폴레옹이 애인 조세핀에게 편지를 했데. 지금 파리로 돌아가니, 속옷 갈아입지 마시오! 씻지 말고 기다리시오! 라고 말이야. 그게 무슨 뜻인지 알아? 향기로운 냄새만을 찾는다는 건 초보 연인들이나 하는 짓이지. 너랑 있으니까 니글거리는 음식 악취도 성적으로 느껴져. 마른 오징어 냄새, 삭힌 홍어의 암모니아 냄새도 너랑 있으면 향수 냄새로 느껴져. 우리 언젠가 답십리, 김일 체육관 뒤에 있던 김일 여인숙 간적 있었잖아. 방안 벽 선반에 신발 올려놓던 거기 말이야. 그때 그 방 안에 들어설 때 숱하게 지나간 남루한 인간들의 발 냄새가 확 몰려오더라. 근데 너랑 함께 있으니까 그 냄새마저도 후끈하게 달아오르는 그 뭣이 되더라니까."

"그게 언제까지 일까? 사랑의 유효기간. 18개월? 길면 3년?"

"아냐, 우린 평생 갈 거야."

"과신하지 마."

"진짜라니까. 난 평생 동안 너만 보고 살거야."

"내가 제 명에 못 살아요. 평생 함께 갈려면 다른 뭔가 새로운 관계가 설정돼야겠지. 그래서 결혼도 하고 아이도 낳고 그러잖아."

"미쳤어? 너랑 이거 하기도 바쁜데, 왜 아이를 낳아."

"그럼 우리 평생 동안 이것만 하고 살 거야?"

"응, 이것만 하기에도 시간이 모자라."

"졸린다아……."

"나두."

따르르릉. 전화벨이 득달같이 울렸다. 철민은 눈을 뜨고 시계를 보았다. 12시 정각이었다. 자정이 아닌 정오 12시였다. 그와 그녀는 전 날 밤부터 시작해 내리 14시간 동안 죽은 듯이 자다가 깨어난 것이다. 잠에 젖은 음성으로 송이가 수화기를 들었다. 런닝셔츠 아저씨의 짧고 명료한 한마디.

"시간 됐어요. 방 빼세요!"

선글라스를 낀 철민과 송이가 길 건너편 광명장을 올려다 보고 있다. 신호등 아래엔 뜨거운 여름햇살이 내리 쬐고 있었다. 거리는 자동차 소음으로 왱왱거리고 사람들의 발길은 분주했다. 심각한 표정으로 두 사람은 천천히 선글라스를 벗었다. 송이는 각 항목에 체크를 하기 시작했다.

"위치 제로."

"친절도 언벌랜스."

"구체적으로?"

"여관업에선 지나친 친절은 금물. 특히 손님과 눈길 마주치는 건 쥐약. 알 듯 모를 듯 작은 배려들을 개발해내는 것이 관건."

"광명장의 향후 전망은?"

"기적이 없는 한 99% 6개월 안에 폐업 확신!"

"구원 방법은?"

"우선, 상호변경 할 것. 유동 인구의 90% 이상이 20대인 점을 감안해 광명장을 '선샤인 모텔'로 개명하고 수부실을 없앤 후 답답한 봉창을 뜯어내고 프런트로 바꿀 것. 숙박부 역시 없앨 것. 대로변에 있는 약점을 최대한 커버할 것. 구체적인 대안으로 주차장 입구가 지나치게 훤함. 누가 그곳에 주차를 하겠는가. 차량이 쉽게 들어갈 수 있으면서도 안쪽이 보이지 않도록 검은 비닐 천 같은 걸로 입구를 막아줄 것, 비닐 천을 세로로 찢어서 달아놓으면 차량이 들어올 때 쉽게 들어올 수 있음. 이곳뿐만 아니라 모든 여관 주차장에 이 비닐 천을 달아 놓는다면 고객들은 상당히 심리적인 안정감을 가지고 들어올 수 있을 것임."

"잘 한다, 오송이. 계속해봐라."

"객실의 창을 이중창으로 해서 소음을 방지할 것. 에어컨 교체, 조바 아저씨 런닝셔츠 착용 금지시키고 양복으로 갈아입힐 것. 소형 냉장고라도 배치해 음료수 두어 병정도 서비스할 것."

"야, 그건 호텔도 하지 않는 서비스다."

"음료수 한두 개 원가가 얼마나 된다고……. 여관이라고 해서 호텔 같은 서비스 하지 말란 법 있어? 또한 체크아웃 시간 너무 까탈 부리지 말 것. 오후 2, 3까지는 충분히 시간을 줄 것. 모든 여관이 12시면 방 빼라고 난리칠 때 2, 3시간 여유주면 고객들이 틀림없이 감동 받을 것."

"음 단골 확보가 중요하지."

"이때 주의사항, 단골이라도 주인이 먼저 아는 척 하지 말 것. '왼손이 하는 서비스를 오른손이 모르게 하라.' 즉, 감동 서비스로 고객을 사로잡을 것.

"아예 여관의 호텔화를 주장하시는구만."

"우리 책에는 분명히 이런 문제들을 넣어둬야 해. 두고 보라고, 지금 여관업이 땅 짚고 헤엄치기 장사라고 해서 너도 나도 여관업을 시작하고 있지만 조만간 문 닫는 여관들이 속출할 거야. 바로 이때 가격은 여관 수준, 서비스는 호텔 수준으로 하는 여관이나 모텔만이 살아남을 거야. 필연적으로 모텔들이 호텔처럼 서비스를 하는 날이 올 거라고. 두고 봐."

"음, 그럼 우리 책에는 지금까지 여관의 역사에 관한 것만 있었는데 여관업의 미래에 대한 이야기도 간단하게 넣어야겠네."

"물론이지. 이 책의 서브 타깃은 전국에 깔린 여관업 종사자, 업주, 또한 앞으로 여관업을 시작할 잠재 업주들까지 포함을 시켜야 해. 즉, 이 책으로 인해 여관, 모텔의 선진화에 박차를 가할 수 있는 가이드 라인을 제시하자는 거지."

"얼쑤……. 잘 한다, 오송이! 그래서?"

"그래서는 뭘 그래서야. 빨리 가서 원고 마무리 해야지."

안녕

책이 나왔다. 두 개의 제목이 최종까지 경합을 벌였다. 『나를 키운 8할은 여관이었다』와 『내가 알아야 할 모든 것은 여관에서 배웠다』였다. 결국 인쇄되어 나온 제목은 후자 쪽이었다. 『내가 알아야 할 모든 것은 여관에서 배웠다』. 사실이 그랬다. 그와 그녀는 여관 순례를 하면서 성이란 무엇인가? 에 대해 실전으로 익히고 닦았다. 또한 우리 사회에 왜 그토록 많은 숙박업소가 필요한지도 알게 됐다. 그와 그녀는 숙박업소라는 프리즘을 통해서 세상을 보았다. 그곳을 이용하는 사람들의 경우의 수, 커플의 다양한 관계성도 세상사만큼이나 복잡하다는 것을 알게 되었다. 책은 3부로 구성됐다.

1부는 다양한 버전의 여관과 모텔 소개로 채워졌다. 2부에는 특별한 관계나 특별한 상황일 때 갈수 있는 공간을 소개했다. 3부는 그와 그녀의 섹스 다이어리에 기준을 두고 어떻게 하면 절정의 섹스를 나눌 수 있는가에 대해 소개했다. 출판사에서는 생생한 젊은 청춘의 중계방송이라고 치켜세워주었다. 서점에 책이 깔리고 3일이 지났다.

터졌다. 마침내 터져버렸다. 출간 3일 만에 2쇄가 들어갔다. 출판사 영업부는, 이 속도면 한 달 이내에 10만 부는 가볍게 넘길 것이라고 예측했다.

철민과 송이는 서점으로 달려갔다. 두 사람은 진열대에 누워있는 자신들의 책을 내려다보았다. 서로 한마디의 말도 나눌 수 없었다. 그저 손으로 자신들의 책 표지를 쓰다듬어 주었다. 출산 후 신생아실 유리벽 너머로 어린 아이를 바라보는 부부의 표정이었다. 너무 감동스럽고 가슴이 벅차 말을 잃어버린 것이다. 진행비에 쪼들리면서 전전했던 그 숱한 여관과 모텔들, 눈 내리던 겨울, 꽃피던 봄, 찌는 듯한 여름 날의 추억들이 주마등처럼 스쳐 지나갔다. 책표지를 쓰다듬던 철민의 손등으로 한 방울의 눈물이 툭 떨어졌다. 송이는 철민의 젖은 눈을 바라보면서 미소 지었다.

"바보!"

"······."

"울보!"

"······."

그때 누군가 그의 어깨를 가볍게 쳤다. 20대 청년이었다. 안 살 거면, 좀 비켜달란다. 비켜주었다. 청년은 한 치의 망설임도 없이 그 책을 손에 들었다. 펼쳐 보지도 않고 계산대 쪽으로 갔다. 이미 책에 대한 소문을 듣고 온 독자였다. 그와 그녀는 청년의 등을 향해 공손하게 허리를 굽혔다. 마치, 선거운동 나온 후보자 부부의 몸짓과도 같았다. 그 사람이 보든지 말든지 상관없었다. 그러는 사이 남녀 커플이 와서는 그 책을 들고 카운터로 갔다. 철민은 커플의 등을 향해 서점 바닥에 넙적 엎드려 큰절을 올렸다.

모든 게 안녕이다. 털털거리던 15만 킬로의 프라이드여 안녕. 항상 쪼들리던 진행비도 안녕. 무명의 세월이여 안녕. 하수구 처리 아르바이트여 안녕. 베이비시터 아르바이트도 안녕. 지긋지긋했던 20대여 안녕. 그리고 마지막으로 궁상스러웠던 내 청춘이여 안녕! 안녕!

안녀어엉~~~~~~~~!

시청에서 남쪽으로 10분, 여의도에서 동쪽으로 20분 거리,

압구정에서 북쪽으로 15분 거리. 북쪽으로는 남산을 등지고 남쪽으로는 한강이 내려다보이는 곳.

서울특별시 용산구 한남동 35번지. 만국기가 펄럭이며 별 다섯 개가 찬란히 빛나는 이름하여 오성호텔 H.Y.A.T.T. 남쪽 벽면은 전면 창으로만 이뤄진 방. 창 밖 도심엔 어둠이 내리고 한강변을 끼고 달리는 자동차들의 불빛, 강 너머 신사동의 네온사인. 방 안의 은은한 스탠드 불빛 좋고, 카펫에서 풍겨오는 방향제가 코끝을 간지럽히고, 누르면 꿈결처럼 가라앉는 거위털 베개. 지금 그와 그녀는 하얏트호텔 912호에 들어와 있다.

두 사람은 초판 인쇄를 받는 날, 기념 이벤트를 하얏트호텔에서 벌이기로 했다. 여인숙에서 여관, 모텔을 거친 그들의 숙박업 순례의 절정을 이곳으로 정한 것이다. 두 사람은 방으로 들어서자마자 직업적 버릇이 살아났다. 냉장고를 열어보고, 욕실을 훑었다. 퍼블릭 업소만을 전전했던 그들의 안목으로선 도대체가 흠 잡을 데가 없었다. 폭탄 제거반의 군견처럼 객실의 이곳저곳을 킁킁 거리고 다니는 송이를 철민은 제지했다.

"스톱! 오늘은 스톱!"

"그래 스톱이다."

"송이야, 오늘은 우리 아무것도 생각하지 말고, 사랑 한 번 나누자."

"그래, 책에다가 어떻게 표현해 넣을까 따윈 따지지 말고."

"역할놀이로 할까, 정상관계로 할까?"

"역할놀이."

"오송이 고객님. 골라주세요."

1번 — 남자 간호사와 여의사

2번 — 여교수와 만학도 남학생

3번 — 소년, 소녀를 만나다

4번 — 바바리맨과 초등학교 여교사

5번 — 구순 노파와 10대 소년의 사랑이야기

"삐이 4번!"

"네에 4번, 바바리맨과 초등 여교사 당첨됐습니다. 관계 설정은 됐고, 상황 설정 선택해주세요."

"네에."

1번 — 출근길에 바바리맨을 만난 여교사. 마침 여교사의 어머니는 포목점을 운영한다. 여교사가 포목점에서 시퍼렇게 날이 선 가위를 가지고 나와 바바리맨을 역습하는 상황.

2번 - 일직을 하고 있는 여교사에게 접근하려고 월담을 하다가 목이 부러진 바바리맨. 그러나 의지의 바바리맨은 부러진 목을 부여잡고 그녀에게 다가간다.

3번 - 영화 〈콜렉터〉의 남자 주인공을 숭배하는 바바리맨. 마침내 여교사를 하얏트로 납치하는데……

"삐이 3번!"

"네에, 여교사를 납치해온 바바리맨. 시작합니다."

철민은 옷을 후다닥 벗고는 실내 가운을 걸쳤다. 그리고는 송이를 거칠게 끌고 침대 위로 내동댕이쳤다. 겁에 질린 송이가 웅크린 채 철민을 바라보았다. 철민은 바바리 대신 가운을 활짝 열어보였다. 철민은 가운을 몇 번이나 열었다 닫았다 하면서 침대 쪽으로 천천히 다가갔다.

"오 선생님, 으흐흐흐…… 오 선생님은 나의 나비예요. 플라이, 플라이, 버터플라이. 펄 펄 날아가는 플라이, 플라이, 버터플라이…… 이 날을, 이 날을 얼마나 기다렸는지 몰라요. 으흐흐흐"

"제발, 제발! 이러지 말아요. 전, 남편이 있는 여자예요."

"으흐흐흐, 남편 있는 여자라니까 더 쏠리는군요. 제발, 저

를 좀 봐주세요, 네에. 좀 봐 달란 말입니다. 5분만 저를 봐
주시면 놓아줄게요. 으흐흐흐."

"싫어요. 징그러워요."

"뭐야? 징그럽다고? 내가 송충이야? 결국 더러운 꼴을 봐
야겠군."

"무서워요."

철민은 침대 위에서 떨고 있는 송이를 덮치면서 거칠게 옷
을 풀어헤쳤다.

"넌 나를 인간으로 취급도 하지 않지. 으흐흐흐……."

"무서워요. 제발, 제발 이러지 마세요."

철민은 송이의 뺨을 가볍게 한 대 쳤다. 송이는 그 가벼움
에 비해 과장되게 베개 위로 벌렁 나자빠졌다. 송이가 눈을
살포시 감으면서 말했다.

"어머, 거위털 베개 너무 가벼워. 아, 잠들고 싶어."

거칠게 덤비던 철민은 그 말에 김이 샌 듯 멈칫했다.

"야, 오송이 뭐 하는 거야, 지금. 집중 안 할래?"

"방이 너무 쾌적해서 집중이 안 돼. 역할놀이란 게 말야, 좀
우중충한데서 해야 제 맛인데 여긴 좀 젬병이다, 그치?"

"앗, 흠집 하나 찾았다. 역할놀이 할 커플들은 일급호텔은
피하라."

"그래, 동의 한 표!"

"송이야, 돈 있으니까 참 좋다."

"그래 좋다, 좋아. 근데 방이 너무 쾌적하니까 분위기 오히려 안 잡힌다."

"그래, 원래 좀 저급해야 제 맛인데."

"난 한강 야경 보면서 포근하게 자고 싶어."

"그럼 난 네 뒤에 누워서 잘래."

"아이 참, 싫은데……. 아…… 아…… 아, 알았어……. 그만해……. 알았어."

"나아 참, 활짝 열려 있으면서……. 괜히 내숭은."

"내숭 떨어보니까 좋네, 뭐."

"송이야. 너 움직이지 마. 좀 가만히 있어봐, 그냥 이렇게 야경 감상 좀 하자, 응."

"치이, 그게 맘대로 되나?"

"그럼, 나 그만 둔다."

"응……. 알았어……. 가만히 있을게. 근데 자꾸 움직여지는 걸, 어떡해."

"크게 숨쉬고……. 한 호흡……. 들숨 날숨……. 알지?"

"들숨……. 날숨……."

"그래, 그래……. 이제 좀 잠잠해졌다. 송이야 사랑해."

"응, 나도 사랑해."

"송이야, 평생 동안 늘 아침 저녁으로 사랑한다는 말 해줄게."

"아침 저녁으로? 그럼 함께 살아야 되잖아."

"함께 살지, 뭐."

"우리 결혼 할까?"

가족

아이가 하나 생겼다. 송이와 철민은 한 달에 한 번씩 관계를 가졌다. 아이가 하나 더 생겼다. 철민과 송이는 두어 달에 한 번씩 관계를 가졌다. 그러다가 세 번째 아이가 생겼다. 그렇다면 세 달에 한 번? 오우, 그랬으면 얼마나 좋으련만 세상 일이란 게 그렇게 따박따박 수치의 계산처럼 되지 않는 게 문제다. 셋째 아이가 생기고는 세 달에 한 번이 아니라 3년이 넘도록 한 번도 관계를 갖지 못했다.

못했다?는 잘못된 표현이다. 어쩌면 안했다고 해야 옳을 것이다. 그와 그녀는 사랑에도 유효기간이 있다는 얘기를 믿지 않았다. 아니 믿을 수 없었다. 그러나 토네이도처럼 휘몰아치는 광풍의 남녀관계도 줄줄이 달린 아이 앞에선 어쩔 수 없었다. 철민의 무의식에 자극을 줬던 송이의 에스트로겐은 아이의 젖비린내에 묻혀버렸다. 첫 아이가 생겼을 땐 6개월 만에 그녀의 성적 향기가 회복됐지만, 둘째가 생기고 셋째가 생겼을 땐 속수무책이었다. 이제 송이는 철민에게 여성으로서의 그녀가 아니라 애 엄마로서의 그녀일 뿐이었다. 나무꾼과 선녀에서 왜 하필 아이가 셋일 때까지 라는 단서가 붙었는지 철민은 그 이유를 온몸으로 알 수 있었다.

막내가 3살이니까, 막내를 가질 때가 마지막이었다. 이제 그와 그녀는 완전한 가족이 됐다. 서로 바라보고 있어도, 서로 한 침대에서 몸을 부대껴도, 서로 한 방에서 속옷을 갈아입어도 음란함이 전혀 개입되지 않았다. 그야말로 건전한 관계, 완전한 가족이었다. 이때부터 사람들은 그를 유부남, 아저씨라 부르게 됐고 그녀를 유부녀, 아줌마라고 부르게 됐다.

철민은 『내가 알아야 할 모든 것은 여관에서 배웠다』 이후 연속해서 베스트셀러를 출간했다. 나오는 책마다 10만 부 이상 판매됐고, 어느 새 철민은 출판계의 마이더스 손이 돼 있었다. 그의 후각은 탁월했다. 그는 장르를 가리지 않고 돈이 될 만한 주제들을 잘도 집어냈다.

철민의 작가 연대기를 보자면 그 출발은 송이와의 여관 순례기라는 작고 미약한 것이었지만 지금 그 결과는 창대했다. 아니, 앞으로도 어디까지 갈지 아무도 알 수 없었다. 그에 비해 송이에게는 3명의 아이만이 달랑 남았다. 송이가 첫 아이를 갖고 뱃속에 든 생명에게 신경을 집중하는 동안 철민은 돈 되는 글이란 무엇인가에 눈을 뜨게 됐다. 첫 책을 만들었을 때는 누가 뭐라 해도 송이의 공헌이 절대적이었다. 송이의 흥행 감각은 탁월했다. 그러나 잠시 방심하는 사이 세상은 바뀌었다. 송이가 아이를 양육하고 유기물로서의 인간을 만든다는 것도 책 만드는 것 못지 않게 의미 있고 신비로운 일이라고 자위하며 살아가는 동안, 전장과 같은 출판 감각은 철민과 엄청난 편차가 생겨버렸다. 그와 그녀는 아이가 한 번 생길 때마다 아파트를 옮겨갔다. 그리고 지금 살고 있는 분당의 69평까지 진입하게 됐다. 철민의 나이 35세였다. 송이의 나이 32세, 두 사람 모두 69평은 나이에 비해서 빠른 편이었다.

그러던 어느 날 그의 아버지가 세상을 버렸다. 골통 같은 영감! 철민은 늘 아버지를 그렇게 말했다. 그가 중학교 다닐 때 어머니가 유방암으로 돌아가신 후, 외아들이었던 그와 아버지는 줄곧 둘만 살았다. 새장가를 가도 될 나이였는데 아버지는 그 일에는 뜻이 없어 보였다. 철민이 사춘기 때 그런 생각을 한 적 있었다. 아버지는 왜 새장가를 가지 않을까? 그건 엄마의 죽음과 연관이 있지 않을까? 그때 철민은 어머니의 죽음마저도 성과 연관된 망상에 사로잡힌 적도 있었다. 그래서 아버지를 저주하기까지 했었다. 그건 바로 어머니의 사인이 유방암이라는 이유 때문이었다. 어머니가 유방암이 걸린 것은 아버지가 어머니의 유방을 지나치게 주물럭거려서 죽음으로 까지 몰고 갔지 않았을까, 라고 유추를 하다가 결국에는 확신까지 하게 됐다. 물론 어처구니없는 성지식으로만 가득 찼던 사춘기 시절의 일이었다. 철민이 결혼을 하고 넓은 집으로 옮겨가는 동안에도 아버지는 늘 그곳에 머물렀다. 홀아버지를 모시지 않는다는 세상 시선을 봐서라도 함께 살자고 했지만 아버지는 막무가내였다. 그러다가 결국 그가 중학교 때부터 살아온 그 아파트에서 심근경색으로 돌아가신 것이다. 하나뿐인 아들 철민은 아버지의 부음을 아파트 관리소장으로부터 전해 들었다.

『배터지게 먹으면서 몸짱으로 살아가는 한국 여성 10인 보고서』라는 야심찬 제목의 책의 마지막 교정본을 보고 출판사 직원들과 밤늦게까지 술에 절어 있다가 아버지의 부음 소식을 들었다. 그렇게 해서 비몽사몽간에 상주가 됐다. 외아들인 그는 혼자서 꼬박 영전을 지킬 수밖에 없었다. 몰려오는 손님과 절을 주고받긴 했지만 누가 누군지도 모르면서 인사를 주고받을 수밖에 없었다.

둘째 날 오후, 60대의 한 여인이 찾아왔다. 여인은 오자마자 향을 사르고 영전에 펄썩 주저앉아 멍하니 아버지의 영정 사진만 바라보고 앉아 있었다. 절할 마음의 여유마저 없어 보였다. 길게 한숨을 내 쉬더니 핸드백에서 담배를 꺼내 긴 호흡으로 피우면서 앉아 있었다. 그 여인의 표정으로 봐선 예의 고 뭐고 눈에 뵈는 게 없는 것 같았다. 너무나 돌발적인 상황이라 차마 '누구시죠?' 라고 물을 수도 없었다. 길게 내 쉬는 한숨으로 봐서 돈 거래가 있었거나 혹은 아버지의 죽음으로 뭔가 큰 손해를 입은 듯 했다. 아버지의 숨겨놓은 애인? 가당찮다. 70대의 노인에게 애인은 무슨, 까지 생각이 가다가 아니다, 〈죽어도 좋아〉라는 영화도 있었지 않은가. 70대 노인이라고 애인이 없으란 법은 없지. 그렇다면 아버지도 저 여인과 성생활이 있었을까? 있었다면 주 몇 회나 가능했을까? 아니 월 몇 회? 노인들의 섹스 장소는 어디였을까? 아버지의 아파트였을까? 아님 아버지도 모텔을 들락거렸을까. 그렇다면 단골 모텔이 있었을까? 아버지의 섹스 패턴 중에 자신이 물려받은 것은 어떤 게 있을까. 그 성향도 분명 유전자에 기록되어 있을 텐데. 그 순간 철민은 섬광처럼 번득이는, 장례식장 공간을 가득 채우며 날아오는 돈다발이 보이기 시작했다.

바로 이거다. 그는 벌떡 일어나 조의금 통 위에 놓인 방명록을 한 장 찢어서 메모를 하기 시작했다.

'황혼의 성'

'황혼의 성이 아름답다.'

좀 더 직접적인 문구?

'늙으신 부모님도 성생활이 필요합니다.'

'이번 명절 선물은 이 책 한 권을 부모님께'

그는 생각나는 대로 몇 개의 광고 문안들을 휘갈겨 적었다. 그는 아이템이 떠오르면 책이 나왔을 때 내놓을 광고 문안부터 적어보는 버릇이 있었다. 짧은 광고 문안이 그 책의 주제가 된다. 광고 문안이 떠올라야 독자층의 윤곽이 잡히기 때문이다. 의외의 장소에서 대어를 낚았다는 느낌이 그의 손끝으로 덜덜덜 전해져왔다.

대박을 치는 책이란 무엇인가? 평소에 늘 책을 보는 사람들을 위한 책은 판매고에 한계가 있다. 평생 동안 책 한 권 읽지 않을 것 같은 사람의 손에 들려지는 책, 바로 그것을 노려야만 수십만 부가 가능하다. 바로 노인들을 위한 섹스 가이드. 주 독자층을 싱글 노인, 구매층은 30, 40대의 자녀들. 전대미문의 책이다. 처음엔 받아보는 노인이나 사드리는 자녀가 쑥스러움 때문에 생각만큼 대박이 나지 않을 수도 있다. 그러나 일단 화제의 책은 될 수 있다. 화제는 탑골공원 노인들에게로 번져간다. 요원의 불길은 슬슬 연기를 내뿜는다. 노인들의 잡담이란 게 결국은 Y담으로 흐르는 게 인지상정아닌가. 한 노인이 허장성세를 부린다.

"그 말이야, 내가 어젯밤에 목포 홍어집 김 여사랑 글쎄 3 라운드까지 뛰었지 않나. 그게 말이야 요즘 장안의 화제인 『황혼녘의 성이 아름답다』그 책에서 가르쳐준 대로 해보니까 되데."

"그게 뭔 책인데?"

"아 이 사람, 아직도 그 책을 안 봤나? 당장 아들한테 한 권 사 달라고 해. 요즘 그거 사주지 않는 자식은 자식도 아니라 던데."

밤이 되면 3대가 함께 사는 아파트 각 호수마다 그 책을 사 내라고 아우성치는 노인들이 생긴다. 생전 서점이라고 가지 않는 30, 40대 직장인들이 노인들의 성 가이드북을 사기 위 해 북새통을 이룬다. 출판사에서는 물량 공급을 제때 못해서 인쇄소와 싸움이 벌어지고 인쇄소는 종이가 모자라서 종이회 사와 일전을 벌인다. 종이회사는 물량 공급 때문에 결국 장안 에 종이 값이 천정부지로 치솟고…….

147

흐음, 캐액!

뭐, 거기까지는 아니겠지만 여하튼 한번쯤 진지하게 고민해볼만한 아이템인 것만은 확실했다. 아이템을 하나 잡았다 싶으니 피곤했던 몸이 반짝 상쾌해졌다. 담배만 태우고 있는 그 여인에게 취재라도 하고 싶은 심정으로 고개를 돌렸다. 그러나 이미 여인은 사라지고 없었다. 어디로 가셨나? 철민은 자리에서 일어나 접대실 쪽으로 가보았다. 노인들만 가득 앉아서 술을 마시고 있었다. 그 여인은 결국 보이지 않았다. 술을 마시고 불콰하게 달아오른 노인들의 얼굴을 보고 있자니 더욱 확신이 들었다. 술기운이 돌고 있는 노인들의 와자한 음성들이 섹스에 굶주린 늙은 늑대들의 울음소리처럼 들렸다.

와우우우웅!

그래 바로 저들이 모두 그 책의 독자층이다. 차차 생각해보자, 라고 마음을 다 잡았지만 한 번 떠오른 생각은 꼬리를 놓지 않았다. 몸이 날듯이 가벼웠다. 빨리 장례식을 끝내고 본격적인 취재에 들어가야겠다는 결심으로 영전으로 돌아오는데, 철민의 시선에 뭔가 들어오는 게 있었다.

처음엔 저게 누구야? 싶었다. 다시 천천히 고개를 돌려보았다. 접대실과 주방 틈 사이에 소복 차림의 젊은 여인이 입술에 뭔가를 바르고 있었다. 손거울을 보면서 립글로스를 차분하게 바르고 있는 소복의 여인. 처음 그 장면을 보고 고개를 돌렸을 때, 자신의 시선에 들어온 저 여인이 누구인가 싶었다. 천천히 고개를 돌리고 다시 보았다. 여인은 다름 아닌 자신의 아내였다. 송이. 오랫동안 여성으로서 잊혀졌던 오송이, 한때 둘도 없이 친했던 자신의 파트너 오송이. 지금은 자신의 세 아이의 엄마가 됐고, 지금은 고인의 며느리로 이 상가의 상주 마누라, 오송이. 바로 그 오송이였다. 순간 철민의 아랫도리가 불끈 솟아올랐다. 어찌하여 저런 여인을 그토록 오랫동안 방치했을까. 가슴을 칠 노릇이었다. 어찌하여 이토록 중요한 사실을 새삼 일깨워준 곳이 하필이면 장례식장이란 말인가. 그나마 자신의 복장이 헐렁한 장례복인 게 천만다행이었다. 평상복이었다면 불끈 솟아오른 아랫도리 때문에 그 자리에 꼼짝없이 앉아서 가라앉기를 기다려야 할 지경이었다. 철민은 가부좌를 틀고 앉았다. 들끓는 마음을 가라앉히려고 눈을 감았다. 그러나 그뿐이었다. 주체할 수 없었다. 철민의 시선은 이제 아내의 보폭에만 내리 꽂혔다. 육개장과 떡과 술을 쟁반에 담아 왔다 갔다 하는 모습이 보였다. 치마를 살짝 살짝 옆구리로 추슬러 올리는 모습까지도 페르몬이 돼 날아왔다. 빈 쟁반을 주방 입구에 놓으면서 남몰래 살짝 기지

개를 켜는 모습까지도 그에게는 자극의 기운으로 전해졌다.

　장례식장 안의 모든 사물은 포커스 아웃됐다. 오직 송이의 모습만이 돌올하게 솟아올랐다. 아내는 손님 상에서 남은 소주를 홀짝 홀짝 마셔댔다. 주방 안에서 육개장이 떨어졌다는 소리가 들렸다. 송이는 빈 양동이를 받아들고 복도 쪽으로 나갔다. 철민은 지남철에 이끌리듯 자리에서 일어났다. 앞서가던 송이가 뒷덜미에 어떤 기운을 느꼈는지 갑자기 멈춰 섰다. 철민이 그 때를 놓치지 않고 송이의 허리를 감아올렸다. 놀란 송이가 되돌아볼 사이도 없이 철민은 재빠르게 복도 옆의 빈 장례식장 쪽으로 그녀를 몰아넣었다. 오전에 발인을 하고 아직 청소도 되지 않은 빈 영전 안으로 둘은 들어섰다. 송이가 무슨 일인가 싶어, 어어…… 하는데, 철민은 그녀를 병풍 뒤로 데려가 덮쳤다. 빈 양동이가 뒹굴고 당황한 아내는 어쩔 줄 몰라했다. 철민의 몸짓은 막무가내였다. 눕혀진 송이의 치마를 걷어 올리자 그 안쪽엔 청바지가 버티고 있었다. 아내는 여전히 사태를 파악하지 못했고 철민은 충실한 태도로 밀어붙였다. 그러나 청바지는 쉽게 내려오지 않았다. 불끈 솟아오른 철민의 아랫도리가 허벅지에 닿자 비로소 그녀도 협조적인 자세가 됐다. 스스로 청바지의 지퍼를 내리고 입술과 입술이 만났다. 그의 손이 그녀의 가슴을 헤집는데 병풍 밖에서 통곡 소리가 몰려왔다. 이제 막 임종을 당한 새로운 장례 가족들이 들어왔고, 청소하는 아줌마들이 병풍을 치웠다. 그와 그녀의 모습이 대명천지에 환하게 노출됐다. 얼랄라. 놀라고 민망하기는 청소 아줌마나 그들이나 마찬가지였다. 철민과 송이는 얼른 몸을 일으켜 세웠다. 놀란 송이는 청소 아줌마에게 고개를 연신 숙이기 바빴다.

"죄송합니다…… 죄송합니다."

철민과 송이가 고개를 숙이고 복도 쪽으로 나가는데 아줌마가 한마디 던졌다.

"죄송하긴요. 금슬이 부럽네요."

복도로 나온 송이의 얼굴도 이미 벌겋게 달아올라 있었다. 철민이 다급하게 말했다.

"우리 잠깐만 나갔다 오자."

151

기린 아저씨

　그와 그녀는 손을 잡고 거리로 뛰쳐나왔다. 자동차의 굉음이 유난스레 요란했다. 아득한 도심 속에 길 잃은 연인처럼 두 사람은 길 한복판에 서 있었다. 급히 전후좌우를 살폈다. 간판들이 물결처럼 출렁거렸다. 당구장, 증권회사, 레스토랑, PC방, 약국에 KFC에 보습학원, 정형외과, 성형외과, 치과부터 각종 음식점까지. 그 많던 모텔들은 다 어디로 갔을까? 그 숱한 추억의 여관들은 다 어디로 갔단 말인가? 한때 그들의 첫 프로젝트 출발이었던 그곳. 대한민국 도심 어느 곳이라도 가서 눈을 치켜뜨고 훑어보면 찾을 수 있는 그곳. 그 만고불변의 진리가 오늘, 지금, 여기서는 왜 보이지 않는다는 말인가. 그때 송이가 철민의 손을 잡아끌며 속삭였다.

　"골목 안엔 있을 거야."

무작정 도로를 건넜다. 갑작스런 횡단에 놀란 자동차 몇 대가 끼익 소리를 내며 멈춰 섰다. 그런데 이상하게도 누구 하나 경적음을 울리지 않았다. 또한 누구 하나 욕설을 내뱉지도 않았다. 그렇다. 지금 그와 그녀는 소복을 입고 있었다. 이해를 했을 것이다. 얼마나 통분의 죽음을 맞았기에, 얼마나 제정신이 아니었으면……. 그랬다. 지금 그와 그녀는 제 정신이 아니었다. 몇 년 만에 얻은 천제일우이지 않은가. 그렇게 많은 사람들의 이해와 격려를 등에 지고 두 사람은 골목길로 들어섰다.

　송이와 철민은 서로 손을 꽉 부여잡고 골목 안을 달렸다. 손바닥엔 땀이 흥건히 베어났다. 여관을 찾아 헤매던 그때 그 시절, 그와 그녀의 첫 만남이 찬찬찬 흘러갔다. 골목길이 꺾이고 돌아서고……. 우왕좌왕 끝에 마침내 목적지가 눈에 들어왔다. 막다른 골목 끝이었다. 그곳에 나그네 여인숙이 있었다.

　철민이 급하게 옷을 벗었다. 송이는 철민에게 키스하려고 얼굴을 들이밀었다. 송이의 입에선 소주 냄새가 후끈하게 올라왔다. 철민은 얼른 고개를 돌렸다. 지금 그에게 필요한 건 키스가 아니다. 그에게 급한 건 솟아오른 감정을 진압하는 것이다. 철민의 관심은 오직 거기에만 집중 돼 있었다. 그러나 키스를 거절당한 송이의 몸은 일순 굳었다.

누가 그랬던가. 몸은 기억력이 좋다고. 그러나 그와 그녀의 경우, 몸은 전혀 아무것도 기억하지 못했다. 과거 그와 그녀의 꿈같고 폭풍 같고 블랙홀 같았던 몸짓들의 기억은 하나도 남아있지 않았다. 철민은 오직 솟구쳐 오른 자신의 감정을 해결하는 데만 몰두했다. 그녀가 어떤 반응을 보이는지, 어떤 변화를 하고 있는지 돌아보지 않았다. 1회 10여 분, 도합 3회였다. 짧다면 짧고 길다면 긴 30여 분이었다. 얼핏 보면 과거의 열정이 되살아난 것처럼 보였다. 그러나 송이의 입장에선 아무 느낌도 없었다. 그가 송이를 전혀 배려하지 않았다. 오직 급하게 모여든 그의 욕망 덩어리들이 나갈 곳을 몰라 아우성치는 것을 받아내는 역할에 지나지 않았던 것이다. 아랫도리가 쓰라렸다. 철민이 담배를 빼어 물면서 그녀의 가슴에 손을 얹었다. 송이는 철민의 손길을 밀어냈다. 담배를 피우고 난 철민이 시계를 쳐다봤다.

"으흐? 벌써 이렇게 됐네? 빨리 가자!"

송이는 옷을 입었다. 꾸물꾸물. 철민도 옷을 입었다. 후다닥. 송이는 골목길을 빠져나왔다. 털레털레. 철민도 골목길을 빠져나왔다. 종종종. 다시 길을 건넜다. 파란 신호등이었다. 그러나 아까 그랬던 것처럼 아무도 그들에게 뭐라고 하지 않았다. 두 사람은 장례식장에 도착했다. 송이는 아무 말도 하지 않았다. 철민은 볼멘소리를 했다.

"왜 그래? 대체 뭐?"

송이는 그런 철민이 생경스러웠다. 한때는 자신의 몸을 자신보다 더 잘 감지를 했던 그 남자가, 바로 저 사람인가 싶었다. 낯설고도 멀어보였다. 송이는 할 말을 잃었다. 그저 피식, 쓴 웃음을 지을 뿐이었다. 송이가 쓴 웃음을 짓자 철민도 벙그레한 웃음을 지었다.

"그래 웃으니 좋네. 우리 참 오랜만에 웃어본다, 그치?"

그리고는 쏜살같이 장례식장 안으로 달려 들어갔다.

기가 막힐 노릇이었다. 자신의 웃음이 쓴웃음인지도 감지하지 못하는 남자. 그 남자는 이미 애인으로서의 철민이 아니었다. 자신과 함께 아이를 셋이나 만든 남편으로서의 철민일 뿐이었다. 최악의 역할이었다. 아랫도리가 쓰려오면서 찔끔찔끔 뭔가가 흘러내렸다. 송이는 자신의 안쪽에 차 있는 그것들이 혐오스러웠다. 연애를 할 때, 그와 섹스를 하고 난 뒤 헤어져 집에 왔을 때였다. 하루가 지났는데도 그것이 흘러나올 때가 있었다. 문득 잊고 있다가 찔끔 흘러내리는 느낌을 받았을 때, 그의 몸 일부가 자신 속에 있구나 싶었다. 그러나 그 느낌은 찝찝하기는커녕, 오랫동안 자신의 몸 안에 담아놓고 싶은 심정이었다. 세월은 흘렀고, 상황은 바뀌었다. 아무리 흐르고 바뀌었다고는 하지만, 이건 아니다. 이렇게 혐오스러울 수가 있을까.

그런 상념에 젖다보니 송이의 눈에서 눈물이 쏟아졌다. 한 번 쏟아지는 눈물은 소리까지 동반했다. 송이는 흐느꼈다. 들썩이는 어깨를 겨우 추스르고 흘러내리는 눈물을 닦았다. 그때 누군가의 소리가 들려왔다.

"저어…… 저어……."

그러나 송이는 상실감에 사로잡혀 전혀 듣지 못했다. 그때 옆에서 누군가가 '으……흠, 으흠' 하면서 헛기침을 했다. 그제야 송이는 고개를 돌렸다. 한 남자가 두 손을 모은 채 그곳에 서 있었다. 멀대 같이 키가 커서 구부정해 보이는 남자, 햇살을 등지고 삐딱하게 서 있는 깡마른 얼굴의 남자, 언젠가 콘서트장에서 기타 치며 노래를 부르던 그 남자, 감전돼 쓰러지자 쇼크의 동기감응을 전해준 바로 그 남자였다. 송이는 눈물로 범벅이 된 눈을 닦았다. 그러자 그 사람이 조금 더 또렷하게 보였다. 그곳엔 배철수를 닮은 남자가 서 있었다. 딸 아이 유치원 버스 기사인 배 기사였다.

울고 있는 송이에게 어떤 위로를 해야 좋을지 몰라 손을 연신 비비면서 남자는 겨우 말을 이었다.

"효림 엄마, 슬픔이 크시겠지만…… 저어기…… 그렇지만…… 진정하셔야죠……. 그래도 고인께서 큰 고통 없이 가셨다니 그걸로 위안을, 위안을……."

송이는 잠시 의아했다. 저 사람이 무슨 소리를 하는 건가? 싶었다. 그러나 곧 정신이 들었다. 아, 지금 여기는 장례식장이구나.

"배 기사님이 여긴 웬일이세요?"

"유치원에서 효림이를 이곳에 데려다 주라고 했어요. 아까 왔는데 효림 엄마가 안 보이셔서 기다렸어요. 효림이가 버스에서 잠이 들었거든요."

배 기사는 노란 유치원 승합버스에서 잠든 효림이를 안고 나왔다. 송이는 잠든 딸아이를 받아들었다.

"고맙습니다, 배 기사님. 번번이 아이 때문에 한두 번도 아니고……."

"아닙니다. 효림이가 저를 워낙 잘 따라서 효림이 데려다 주는 게 저도 즐거워요."

잠든 효림이를 업은 송이는 배 기사에게 가볍게 목례를 하고 돌아섰다. 그런데 배 기사가 엉거주춤 따라왔다.

"저어…… 여기까지 왔는데 문상을……."

구부정한 배 기사가 영안실에 들어섰다. 하체에 힘이 풀린 철민은 게슴츠레하게 눈을 뜨고 있다가 정신이 번쩍 들었다.

앗! 저이가 여긴 웬일인가? 길쭉하고 깡말라서 주름투성이가 더 강조되는 얼굴, 부스스한 머리, 아래로 처진 눈꼬리, 장대처럼 솟아오른 싱거운 키. 싱거워서 더욱 더 선량해 보이는 몸체……. 바로 배철수다. 철민과 송이가 처음 만난 날, 배철수를 좋아한다는 이유로 그와 그녀를 공통분모에 넣어준 사람. 철민은 자신의 인간관계를 되짚어보았다. 유명 작가가된 후 인적 네트워크가 다양해진 건 사실이다. 그렇지만 송골매의 그 배철수, 라디오 DJ 배철수를 만난 적은 없었다. 일단문상을 왔으니 마주 엎드려 절을 하고 사인이라도 한 장 받아야겠다고 생각했다. 그리고 그를 다시 쳐다보았다. 근데, 뭔가 좀 달랐다. 자세히 보니 배철수가 아니었다. 배철수 보다10년은 더 늙어 보였다. 그러나 배철수의 형인가 싶을 정도로 꼭 닮아 있었다. 철민은 측은한 생각이 들었다. 배철수야연예인이니까 그 독특한 모양새가 개성이고 매력이지만 그와꼭 닮은 저 사람은 외모 때문에 살아가는데 상당한 지장이 있을 것 같다는 생각까지 들었다. 저렇게나 추워 보이는 외모로

장가는 갔을까? 싶었다. 철민과 절을 마친 배철수를 닮은 사나이는 구부정하게 일어났다. 나가는 뒷모습을 보고 있자니 마치 기린 한마리가 걸어가는 듯 했다.

"기린 아저씨!"

둘째 딸 효림이의 목소리였다. 효림이는 사내의 팔에 날름 달라붙어서 재롱을 떨었다. 민망한 송이가 달려나와 아이를 겨우 떼어 놓았다. 기린 아저씨? 별명이 본명보다 훨씬 더 어울린다는 생각이 들었다.

발인이 시작됐다. 고모님도 이모님도 사촌형님도 사촌누님도 철민도 송이도 누구 하나 그다지 서럽게 울지 않았다. 발인이니까 곡소리는 내어야겠기에 모두들 아이고 아이고를 녹음된 테이프처럼 반복할 따름이었다. 철민은 아버지의 영정을 보면서 '아버지 왜 인정머리 없는 아들만 남겨놓으셨수. 이럴 때 딸이라도 하나 있었음 서럽게 서럽게 통곡이라도 해드릴 텐데. 아버지 미안합니다.'라는 생각을 했다.

아버지의 시신이 운구차에 밀려들어가고 사촌동생이 든 영정과 철민의 시선이 만났다. 그와 동시에 고개를 조아리고 있던 송이의 시선과도 만났다. 시아버지의 표정이 송이에게 뭔가를 말해주는 듯했다. 송이는 영정 속 시아버지의 눈동자를 잠시 들여다보았다. 시아버지는 슬쩍 비웃는 듯한 표정을 짓고 있었다. 그 표정에 철민의 얼굴이 얼핏 엊혀 보였다. 나그네 여인숙에서의 모멸감이 다시 몰려왔다. 이윽고 알 수 없는 서러움의 눈물이 뚝뚝 흘러내렸다.

　영정 사진은 운구차를 선행하는 승용차에 올라갔다. 그 순간 송이의 눈에선 눈물이 솟구쳐 올랐다. 떠나는 시아버지에 대한 회한과 감사와 죄송함이 몰려왔다. 그제야 송이는 그저 의례적인 아이고 아이고가 아닌, 흐으윽 흐으윽 하면서 오열을 쏟아냈다. 그러자 속사정도 모르는 철민이 다가 와서 그녀의 어깨를 잡아주었다. 그러자 송이는 철민의 어깨를 뿌리치고 더 소리내어 울었다.

송이가 가방을 챙기는데 휴대폰이 울렸다. 빨리 나오지 않는다며, 철민이 버럭 소리를 질렀다. 3분 안에 내려오지 않으면 혼자 가버리겠다는 협박이었다. 송이의 입장에선 챙길 게 한두 개가 아니었다. 새로 구입한 란제리에서부터 철민의 속옷까지. 송이는 여전히 안심이 되지 않았다. 다시 한 번 메모지를 꺼내 체크를 하기 시작했다. 첫째 날을 위한 풀향기의 구찌 향수, 둘째 날은 도발적인 플로럴 계통의 돌체 향수. 향수 오케이, 와인잔 오케이, 식탁보 오케이, 하나씩 하나씩 조심스레 체크해 가는데 철민의 차가 다시 한 번 신경질을 부렸다. 이번에는 금방이라도 차가 출발할 것처럼 과장된 소음의 발진음까지 울렸다. 송이는 가방을 아파트 베란다 아래로 던져버리고 싶었지만, 꾹 참았다.

얼마 만에 떠나는 여행인가. 그저께 시아버지의 49재를 끝냈다. 송이는 솔직히 말했다. "3년동안 우린 관계를 갖지 않았다. 그건 누가 뭐라고 해도 부부생활의 위기다. 이대로 더 가다간 우리 사이에 무슨 일이 벌어질지도 모른다." 그래서 둘만의 공간을 찾아가기로 했다. 철민은 제주도의 특급호텔을 예약하려고 했다. 그러나 송이가 반대했다. 결혼 전 두 사람의 애틋함이 스며있는 곳, 바로 여관이라는 곳에 가보자고 했다. 그곳에 가면 일상을 단숨에 벗겨주는 뭔가가 있을 거라는 생각이 들었다. 철민은 마지못해 받아들였다. 한때 그녀는 여관 전문가로서 레저 관련 잡지에 여관문화에 관한 글도 꽤나 쓴 적이 있다. 그러나 이제 그곳은 아득한 공간이 됐다. 야릇한 분위기엔 여관이 최고라는 건 이론의 여지가 없었다. 물론 이제는 장급 여관의 시절은 가고 모텔이 득세하기 시작했지만 여전히 그때의 향수는 남아 있을 것이다. 그래서 송이와 철민은 정처 없이 차를 몰고 러브모텔을 찾아가기로 했다.

큰 은전을 베푸는 듯한 거만스런 태도의 철민이 모는 차에 송이는 허겁지겁 올라탔다. 양손에 가방을 부여잡고 조수석에 앉았다. 아무리 준비를 열심히 한다고 했어도 뭔가 빠진 것 같았다. 오늘 그곳으로 가서 3년동안의 그 긴 강을 단숨에 건너뛰어야 했다. 그러자 마치 첫경험을 하러 가는 것마냥 긴장마저 됐다. 그와 반대로, 철민은 빈정거렸다.

"웬 짐이 그렇게 많아? 이민이라고 가는 거야?"

"……."

분당에서 미사리까지 오는 동안 철민과 송이는 한마디도 하지 않았다. 양평대교를 건너 강을 끼고 굽이굽이 엮인 구도로로 접어들었다. 러브모텔들이 간간이 보이기 시작했다. 모텔의 간판이 보이기 시작하자 송이의 가슴은 설렜다. 그러나 어쩐 일인지 설렘과 함께 쑥스러움도 밀려왔다. 뭔 말을 해야겠는데 입이 떨어지지 않았다. 무릎에 놓인 핸드백에서 샘플용 위스키 병을 꺼내 한 모금 홀짝 마셨다. 부부 간에 기분 전환하자고 러브모텔을 찾아가는 데 뭐가 쑥스럽다 말인가. 이치상으로는 그러한데 마음속의 상황은 정반대였다. 송이는 다시 한 번 위스키를 한 모금 홀짝 넘기고는 헛기침을 했다. 흐음…… 흐음…… 운전을 하는 철민은 여전히 전방만 바라보면서 입을 굳게 닫고 있었다.

"여기가 그 유명한 양수리 모텔촌이구나. 우리 그때는 왜 여긴 오지 않았지?"

그제야 철민도 빙긋이 웃으면서 대답했다.

"기억 않나? 책 내고 2탄으로 양수리편 내자고 해놓고

선…… . 당신 애 갖고 결혼하고 뭐 그러다 보니까 흐지부지
됐잖아."

"맞아, 그랬어."

"우리 땐 러브모텔이 미혼 연인들을 위한 곳이었는데 요즘
은 주로 불륜족들을 위한 장소로 바뀌었어."

"그럼 정상적인 애인들은 다 어디로 가고?"

"아, 물론 미혼 연인들도 오긴 오지. 근데 그 보다는 유부
녀 유부남의 불륜이 그만큼 일반화 됐다는 거지. 그야말로 불
륜의 르네상스, 불륜의 백화제방 시절이 온 것 같아. 그 사회
문화적인 현상에 관해서 책 한 권 나올 때도 됐는데 말이야.
아마 이 부근 도로가 대한민국에서 교통법규를 가장 잘 지키
는 곳일 걸."

"왜?"

"생각해봐. 여기 왔다가 교통법규에 걸리면 흔적이 남잖
아. 또 만에 하나 사고라도 나게 되면 일이 복잡해지잖아. 내
가 가끔 이 길로 가면서 운전자들의 행태를 보니 그렇더라고.
상당히 침착하고 찬찬히 운전하는 게 눈에 띄게 보여. 이게
다 불륜 문화의 순기능이라고나 할까."

"갖다 붙이기는…… ."

"아냐, 세상사란 게 그렇더라고. 우리가 흔히 부정적으로

여기는 일에도 나름대로의 포지티브한 면이 있다니까. 세상이 온통 불륜의 소문들로 넘실거릴 때 세상이 망조 들었네, 어쩌네 하지만, 그런다고 세상이 망하기야 하겠어. 어차피 한 사람만 바라보고 살아간다는 건 힘든 거 아냐. 힘든 정도가 뭐야, 경우에 따라선 재앙과 같은 사람도 있을 거야, 아마. 그런 사람들에겐 새로운 세상이 열린 거나 마찬가지지. 또한 기혼자의 적당한 바람은 그 가정에 활력을 넣어줄 때도 있고 말이야. 여하튼 우리 사회에 휘몰아치는 불륜 문화의 순기능에 관해서 실례를 들어가면서 책 한 권 만들어야겠어."

"그러면, 책 핑계로 경험도 해보겠다는 거야?"

"아유, 오송이 여사님! 왜 또 삐딱선을 타십니까?"

"사실 그렇잖아, 나랑 안 한지가 몇 년인데…… 어떻게 버텼을까 의문이야. 자기가 무슨 선방 스님도 아닐 테고 말이야."

"나아 참, 내 나이 돼 봐라. 그게 어디 뜻대로 되나."

"자기 나이 아직 30대야."

"말이 나왔으니 말이지, 그게 어디 내 탓이야?"

"그럼, 그게 내 탓이란 거야?"

"이것 보세요, 오송이 여사님! 자기를 한 번 되돌아보시고 그런 말씀하세요. 네에."

165

"내가 뭘 어쨌길래?"

"어쩌다 맘 잡고 집에 들어와 시도라도 하려고 하면 그 날이라고 한 거 생각 안나?"

"그게 어디 한 달 내내 하는 거야? 내가 다른 날 몇 번이나 신호를 줘도 피곤하다, 열대야 때문에 힘들다, 애들 다 깨겠다, 분위기가 안 잡힌다. 그래 분위기 잡는다고 어떤 날은 미용실 가서 머리까지 하고 와서 기다린 거 생각 안나? 그랬더니 뭐 밤일 나가시냐고 빈정거리지 않나."

"그래, 그날 성의가 가상해 내가 시도했잖아. 근데 낮에 한 머리 헝클어진다고 돌멩이처럼 뚱하게 누웠는데 뭔 기분이 나겠어?"

"이것보세요, 아저씨⋯⋯. 그놈의 작업 때문에 집에 들어 온 날이 일 년 중 며칠이었어. 그 며칠도 취하지 않고 들어 온 날은 또 며칠이었고. 그러면서 자꾸 넷째 아이가 생겼으면 좋겠다고? 홍! 하늘을 봐야 별을 따지."

"그것 참, 그런 문제가 그렇게 따따부따 따져서 될 일이야?"

송이는 다시 샘플 위스키를 한 모금 홀짝 마셨다.

"내가 언제 따졌다고 그래, 대화를 하자는 거지."

"대화? 제발 그 놈의 술 좀 마시지 않으면 얘기가 안 돼?"

"흥! 누구 때문에 내가 맨 날 술 마시는데 응? 응? 응?"

"넌 처음부터 알코올 중독기가 있었어."

순간, 송이는 말문을 닫았다. 표정이 급격하게 싸늘해졌다

철민도 아차 싶은 표정이었다. 너무 심하게 급소를 찔렀다.

두 사람은 또다시 말문을 닫았다. 분위기는 무거웠지만 차는 쌩쌩 달렸다.

강변을 끼고 달리던 차가 갈림길에서 멈춰 섰다. 오른쪽으로 가면 양수리 읍내가 나오고 왼쪽으로 가며 종합촬영소 방향이라는 이정표가 보였다.

철민은 송이를 힐끔 보며 물었다.

"어느 쪽으로 갈까?"

"이 동네 잘 아시는 분이 알아서 가시죠."

"우리 오늘 좋은 기분으로 나왔는데, 그만 하자."

"오른쪽!"

그러나 차는 왼쪽으로 출발했다.

"그쪽으로 가 봐야 읍내 나오고 별로 좋은데도 없어."

송이는 입을 떼려다가 말았다. 결국은 제 맘대로 갈 것을 의례적으로 묻는, 그게 바로 철민의 속성이었다. 언제나 합리적인 척, 배려하는 척 하면서 결국은 모든 일을 자기 마음대로

하는······. 송이는 차를 세우고 싶었지만 참았다. 그래, 좋은 기분으로 가자. 기왕 참는 거 조금만 더 참자는 심정이었다.

강을 끼고 돌자 모텔들이 줄지어 모습을 드러냈다. 맨 먼저 궁전모텔이 나오고 낙원모텔, 하나로모텔, 강변모텔, ○○모텔, ○○모텔 등 수많은 모텔들이 보였다. 철민은 송이에게 다시 물었다.

"맘에 드는 이름 있음 찍어! 그곳에 세울게."

송이는 그 뻔한 배려에 이젠 속지 않겠다고 맘을 다잡았다.

대략 1킬로 정도 모텔도, 인가도, 식당도 없는 자연 그 자체의 도로가 지나고, 잠시 쉬었다 싶으면 다시 수많은 모텔이 휙휙휙 지나갔다. 그 중 하나가 송이의 시야에 들어왔다. 이름하여 하이마트모텔. 갑자기 TV 광고가 떠올랐다. '하이마트로 가요오~~.' 송이는 저곳으로 가자고 말하려다가 말았다. 하이마트모텔이 눈앞까지 다가왔다가 뒤로 물러섰다. 철민이 백미러로 하이마트모텔을 보더니 차를 세웠다.

"저기 어때?"

송이는 피식 웃음이 났다. 정말이지 너무나 오랜만에 마음속의 합의가 이뤄진 것 같았다. 아직도 마음속으로 흐르는 동기감응이 존재하고 있다는 기쁨에 지금까지 쌓였던 원망이 한꺼번에 사라졌다.

"동의 한 표!"

천지개벽이 따로 없었다. 그곳은 분명 호텔이 아닌, 요금 4만 원대의 장급 모텔이었다. 그러나 복도에는 조지 윈스턴의 피아노 소리가 부드럽게 굴러다녔다. 모텔 복도에 라운지 뮤직이라니. 생경스럽고 호기심이 일었다. 강이 내려다보이는 306호에 들어서자, 그녀는 과거의 습관처럼 실내를 찬찬히 살폈다. 인터넷이 연결된 컴퓨터가 있었고, 가운, 대형 목욕 타올이 착착 접혀 있었다.

리모컨은 TV와 DVD와 실내 조명등과 에어컨의 일체형이었다. 냉장고엔 음료수가 비치돼 있었다. 정수기가 있었으며 침대 시트는 종이띠가 둘려져 있었다. 어디 그뿐이랴. 정수기 옆에는 티백 녹차와 일회용 커피까지…… 화장품도 고급이었고 월풀 욕조에…… 오우, 이럴 수가!

송이는 저도 모르게 탄성이 쏟아져 나왔다.

"뭘 이 정도 가지고 그래. 요즘 모텔이란 게 이 정도는……."

철민의 말이 채 끝나기 전에 송이는 철민을 째려보았다. 순간, 철민은 찔끔해서 말문을 닫았다. 그 표정이 뭔가 있어 보였지만 분위기를 망치고 싶지 않아 다시 참았다. 한강의 기적을 이룬 조국 근대화에 비견되는 놀라운 모텔의 선진화.
이 정도면 일류 호텔이 부럽지 않았다. 송이가 아이를 키우
고 있던 8년 세월, 세상은 이렇게나 변했다. 바로 이런 걸 두
고 상전벽해라고 했던가. 이중커튼 중 얇은 커튼을 가리자
방안은 은은한 빛이 감돌았다. 과거 장급 여관시절, 콘돔은
여관 입구의 자판기에 있거나 혹은 카운터에 얘기하면 1, 2
천 원에 팔았다. 좀 더 세심한 배려를 하는 여관일 경우 객실
안에 콘돔을 비치해 두는 경우도 있었다. 비치해 두는 경우
엔 낮은 문갑장 서랍을 열어보면 그 안쪽에 약간은 쑥스러운
듯 오두마니 놓여진 콘돔 통이 보였다. 그러나 이제는 콘돔
도 화장대 위에 당당하게 모습을 드러내고 있었다. 그것도
세 종류나. 취향에 따라 골라 쓰라는 배려인 듯싶었다. 입안
세척제인 가그린이 있고 귀이개와 클린징 크림까지 준비돼
있었다. 송이가 힘들 게 준비한 것 중 3분의 1은 이미 그곳에
있었다.

먼저 샤워를 마친 송이는 새로 산 란제리를 걸쳤다. 방금
집에서 출발할 때 샤워를 했는데 뭘 새삼스레 또 하냐고, 철
민이 툴툴거리면서 욕실로 들어갔다. 송이는 얼른 인터넷을
켜고 음악을 틀었다. 쇼팽의 〈녹턴〉이었다.

오호라, 모텔에서 〈녹턴〉이라. 호텔에서도 누리기 힘든 호사다. 다시 한 번 후천개벽을 실감하였다. 음악 좋고 살살 비치는 햇살 적당히 가리는 커튼 좋고, 흐음 자신의 란제리에 손을 대어보니 촉감도 좋고, 통유리 너머 북한강의 풍경 역시 좋고……. 철민도 사람이라면 이 좋고도 좋은 상황에서 더 이상의 툴툴거림은 없으리라. 송이는 준비된 소품들을 테이블에 펼쳐놓았다.

준비된 술 종류만 해도 다섯 가지다. 대나무통에 양초로 밀봉된 중국산 삼화주, 레미 마티스 코냑 한 병, 메독 와인 한 병, 하이네캔 맥주 2병. 특히 그 파란 하이네캔을 보는 순간 목이 메여왔다. 그와 그녀를 처음 연결해준 술, 하이네캔이 아닌가. 육포와 과일과 우유, 생수에 와인글라스까지 펼쳐놓았다. 사해만방의 알코올이 한자리에 다 모인 셈이다. 인도향도 피웠다. 준비를 마친 송이는 하이네캔을 한 잔 쭈욱 들이켰다. 콧노래가 절로 나왔다. 샤워를 마친 철민이 머리를 털면서 나오다가 멈칫했다.

"그게 다 뭐야?"

"자기 좋아하는 하이네캔, 삼화주, 꼬냑, 와인. 빨리 와서 한 잔 해."

"운전해야 되는데 술은 무슨."

"내가 운전할게."

"하이고, 잘도 참겠다."

"어차피, 자고 갈 거 아냐?"

"봐서."

"뭘 봐서?"

"자기 하는 거 봐서."

자기 하는 거 봐서, 라는 말에 기분 좋게 늘어진 송이의 입술이 쫑긋 모아졌다. 송이는 잠시 눈을 감았다. 한마음 쉬자! 인자는 무적이다. 대도가 무문이라…… 마하반야 바라밀다 심경…… 엘리엘리라마사박타니……. 중얼중얼 되는대로 주문을 외웠다. 그리고 눈을 떴다. 입술을 다시 기분 좋은 모양새로 만들었다. 스마일, 치즈, 김치…….

"알았어, 내가 잘 할게."

"뭘?"

그와 그녀는 서로 쑥스러움에 고개를 돌렸다. 송이는 하이네캔을 한 잔 더 마셨다. 철민도 테이블에 마주 앉았다. 송이는 손목에 최대한 부드러운 리듬을 얹어서 코냑을 두 잔 따랐다.

"자, 건배 해!"

송이는 손에 든 글라스를 나머지 글라스에 부딪혔다. 데엥……. 청아한 공명음이 기분 좋게 울렸다.

"자기도 술 마시려고?"

"물론이지, 이 많은 술을 혼자 다 마실 거야?"

송이는 잔을 주욱 들이켰다. 철민은 그런 송이를 물끄러미 바라보기만 했다.

"왜에?"

"술 마시고 그거 하려고?"

"응."

"야아, 우리 그러지 말자. 음주 상태로 임신하면 태아에 치명적인 거 알지?"

"임신? 무슨 임신?"

"일석이조! 도랑치고 가재 잡자는 거지, 뭐."

"뭐가 도랑이고, 뭐가 가재인데?"

"우리 그거 하는 거 날마다 있는 것도 아니고 기왕 할 바에 임신으로 연결되면 좋잖아. 자기 오늘 가임일 맞지?"

송이는 꼬냑 잔을 부여잡고 철민을 가만히 바라봤다. 철민은 송이의 가임일을 정확히 짚어냈다는 것에 으쓱해하는 표정을 지으면서 말을 이었다.

"내가 자기랑 하지 않은지 오래됐다고 그날도 잊은 줄 알았지? 내가 누구냐, 응. 바로 용의주도 치밀함의 대명사 임철민이야. 오늘 그날 맞지? 맞지? 응? 응?"

"......"

"나 오늘 딱 맞춘다고 스케줄 조정 좀 했지. 하하하하
하……."

"......"

"하하하, 놀랬구나. 내가 자기한테 관심 없는 줄 알았지?
그날까지 정확하게 짚어내는 내 관심에 감동 받았구나. 자자,
술은 그만하고 이리 와봐."

"......"

"왜 그래?"

송이는 말없이 꼬냑을 한 잔 가득 부어서 입 안으로 털어
넣었다. 그러자 철민이 잽싸게 글라스를 낚아챘다.

"난 건강한 2세를 낳고 싶단 말야."

"......"

"요즘 아이 많은 것도 능력의 상징이다. 아이가 네 명이라?
하하하 폼 나잖아. 아직 자기 나이 있으니까 잘만 하면 핸드
볼팀 하나는 만들 수 있을 텐데."

그러면서 철민은 송이를 바라보았다.

"왜 말이 없어? 응, 오송이 여사님."

송이는 떨려오는 목소리를 겨우 참으면서 입을 열었다.

"몇 년 만에 겨우 분위기 잡고선, 뭐 핸드볼팀?"

"어…… 어…… 어떻게 몇 년이야? 아버지 장례식 때도 우리 했잖아."

"그게 한 거니? 강간이지."

"나아 참, 입에서 소주 냄새 풍긴 게 누군데. 게다가 그 여인숙에서 할 맘이 나디?"

"여인숙이 어때서, 자기 기억 안나? 결혼 전에 답십리 김일 체육관 뒷골목 김일 여인숙. 방 안에 신발 들고 들어가면서 뭐라 그랬어? 응? 뭐, 너 없는 일급 호텔 보다 너랑 함께 있는 여인숙이 더 천국이라고. 신발 들고 들어가니까 굉장히 고풍스럽고 정서적이고, 또 뭐라 했더라. 그래 이 쿰쿰한 냄새마저도 정서적 울림이 있다고 했지? 그랬던 거 기억 안나? 응, 뭐 여인숙이라서 그랬다고?"

"그래 알았어. 알았으니까, 우리 일단 술은 마시지 말자. 택일한다고 얼마나 힘들었는데."

"내가 애 낳는 기계야?"

송이는 소리를 지르며 벌떡 일어났다. 그 동작이 꽤나 거칠었다. 테이블이 밀리면서 술병들이 넘어지고 꼬냑 잔이 방바닥으로 굴러 떨어졌다. 그놈의 꼬냑잔은 깨지지도 않고 방바닥을 뒹굴면서 여전히 데엥~하는 청아한 공명음을 울려주었다. 삽시간에 냉각된 분위기에 철민도 송이도 당황했다. 수습을 해야겠다는 이성의 부름은 있었지만 한 번 뻗쳐 나온 열기를 되담을 수 없었다. 주문을 외워야 된다, 외워야 된다고 머릿속은 외치지만 한 번 거칠어진 몸짓은 어쩔 수가 없었다. 깨지지 않고 방바닥에 뒹굴고 있는 와인잔이 괜히 얄미워졌다. 송이는 와인잔을 걷어찼다. 그리고 마침내 벽에 가서 부딪혀 쨍그랑거렸다.

"나, 갈 거야!"

송이는 말해놓고 철민을 바라봤다. 당황한 철민도 송이를 멍하니 바라보았다. 빠르게 옷을 입는 동안, 철민은 여전히 송이를 바라만 보고 있었다.

하이마트모텔 입구에서 도로변까지 걸어오는 동안 송이는 몇 번이나 뒤돌아보고 싶었지만 꾹꾹 눌러 참았다. 뒤돌아보면 소금기둥이 된다, 소금기둥이 된다. 뒤돌아보지 마라, 뒤돌아보면 나는 핸드볼 구단주가 된다. 애 많이 낳아서 기네스북에 기록된다. 그러다가 인류 최초로 애 낳는 기계가 된다. 애 낳는 기계라는 신인종으로 변신된다. 뒤돌아보지 마라, 뒤돌아 보지마라. 엘리엘리라마사박타니, 마하반야바라밀다심경관자개보살……. 도로를 건너는 동안에도 등 뒤에서는 그녀를 부르는 소리가 들리지 않았다. 송이는 도로를 건너고 되돌아섰다. 이건 뒤돌아보는 게 아니다. 그저 차가 오는 방향으로 서 있는 것뿐이다. 택시는 보이지 않는다. 그러고 보니 승용차들은 규정 속도로 얌전하게 달리고 있었다. 도로 건너편 모텔 입구, 당황스레 허겁지겁 달려나와야 할 한 사나이의 모습은 보이지 않는다. 잠시 눈을 감았다 떴다. 여전히 모텔 입구는 괴괴한 정적이다. 다시 한 번 눈을 감았다 떴다. 송이 앞에 검은색 코란도가 멈춰 섰다. 한 사내가 씨익 웃으면 차창을 내렸다.

"서울 가세요? 타세요!"

송이는 다시 눈을 감았다가 떴다. 코란도는 여전히 싱긋 웃음을 띠면

"타시라니까요? 여기 택시 없어요. 실연 당하셨어요?"

사내는 뭔가 다 알겠다는 듯, 이해한다는 듯 묘한 웃음을 지으며 송이의 대답을 기다리고 있었다. 송이는 간결하고도 낮은 목소리로 말했다.

"가!"

새끼야, 까지 하고 싶었지만 참았다. 코란도의 사내는 입술을 삐쭉내밀더니 차창을 올리고 종종종 멀어져 갔다. 시내버스가 왔다. 서울과 경기도를 이어주는 완행겸 시내버스다.

철민은 끝까지 나오지 않았다. 송이는 버스에 올라탔다.

양수리의 봄날이었다. 햇살 좋고 강물은 평화로웠다. 굽이 굽이 도는 버스는 기분 좋게 흔들렸다. 좋았다. 기후도 풍경도, 뭔가 떨쳐냈다는 자신의 마음속까지도. 그런데, 그런데 어쩌자고 자꾸 눈물이 흐르는지 알 수 없었다. 버스 맞은편에서 달려오는 승용차 안에는 중년의 남녀가 타고 있었다. 그녀가 지나쳐온 그 곳을 향해 가는 불륜의 남녀들이리라. 텅 빈 버스 안 뒷자리에 혼자 앉아서 송이는 노래를 흥얼거렸다.

괴로워도 슬퍼도
나는 안 울어
참고 참고 또 참지
울긴 왜 울어
웃으면서 달려보자
푸른 들을
푸른 하늘 바라보며
노래하자
내 이름은 내 이름은 캔디
나 혼자 있으면
어쩐지 쓸쓸해지지만

그럴 땐 얘기를 나누자

거울속의 나하고

웃어라 캔디야 들장미 소녀야

울면 바보다 캔디 캔디야

남겨 두고 온 철민은 아쉽지 않았다. 가져와서 열어보지 못한 술들이 궁금했다. 창밖을 보니 봄날의 강변 풍경이 달리는 버스처럼 흔들렸다. 흔들리는 풍경 속으로 문득 이혼이라는 단어가 슬쩍 끼어들었다. 하필이면 이렇게나 좋은 풍경 속에서 그 단어가 떠오를 게 뭐람. 과연 그만한 일이 이혼 사유가 될까? 생각해보면 이만한 사유가 어디 있겠는가. 법정에서 묻는다.

왜 이혼하려고 하세요? 송이가 대답한다. 이젠 두근거림이 없잖아요. 허어, 배부른 소리 하시네. 사랑하지 않고 떨림이 없다는 이유만큼 더 큰일이 있을까요? 있……을……까요? 있……을까……요? 송이의 마음속 대답이 에코가 돼 귀를 울렸다.

버스는 강변을 끼고 돌고 돌다 멈춰 섰다. 이정표가 보였다. 〈정약용 생가 500미터 입구〉. 송이는 버스에서 내려 정약용 생가 쪽으로 난 오솔길로 들어섰다. 조용한 카페에 가서 위스키를 스트레이트로 한 잔 털어 넣고 싶었다. 강가의 봄 햇살이 짜르르하게 온몸으로 번져갔다.

소심남녀

　카페 창 너머로 강물은 깊고 고요하게 흘렀다. 테이블에 마주앉은 송이와 기린 아저씨는 선물을 주고받았다. 기린 아저씨는 테이블 위에 작은 상자를 내밀었다. 송이는 기린 아저씨에게 보약을 한 박스 내밀었다. 송이는 작은 상자를 열어보았다. 카세트테이프였다. 작은 카드엔 이렇게 적혀 있었다. '우리 교제한 지 150일을 기념해, 제가 좋아하는 올드 팝송을 드립니다.' 저런 외모를 가진 중년 남자의 글씨라고는 믿어지지 않을 만큼 앙증맞은 글씨체였다.

　너무 말라서 주름투성이인 얼굴은 실제 나이보다 10년은 더 늙어 보였다. 말라서 눈은 더 퀭하고 깊어 보였다. 사람들은 그의 눈을 보면 멍청하다는 느낌을 받지만 송이는 그의 눈이 소를 닮았다고 생각했다. 사람들이 그를 멍청하게 보는 건

눈도 눈이지만 지나치게 큰 키 때문인지도 모른다. 그는 중3 때 이미 188cm로서 다 자라버렸다. 사람의 운명이란 게 성격에서 비롯된다고 했던가. 어릴 때부터 키가 컸다는 것은 여러 가지로 유리한 점이 많았을 것이다. 큰 키로 자신의 운명을 좀 더 유리하게 만들 수도 있다. 농구나 배구라도 시작해볼 수도 있었을 텐데. 그가 다닌 학교는 농구부도 배구부도 없었다. 그는 또래 아이들 보다 머리가 두어 개가 더 얹혀진 채 애들 속에 끼여 있으면 저 혼자만 불쑥 튀어나온 모습이었다. 그 큰 덩치로 다른 아이들을 제압할 수도 있었을 텐데. 성격이 워낙 유순하다보니 오히려 아이들과 겉돌았다. 키 큰 녀석이 어리버리 하니까 아이들은 그를 놀리는 걸 더 즐겼다. 그 때부터 그는 남 앞에 나서기를 싫어하고 소극적인 성격으로 변했다. 큰 키에 소 눈을 끔벅이면서 먼 곳을 바라보고 서 있으면 사람들은 그를 키 큰 멍청이라 불렀다. 그러나 송이의 눈에는 꿈꾸는 소년의 눈빛으로 보였다. 또 사람들은 그를 키 크고 싱거운 유치원 버스 기사, 배 기사라 불렀다. 버스에서 내려 아이들을 데리고 가는 걸 보면서 송이는 경중경중 걸어오는 한 마리 기린이 생각났다. 도심 속을 걸어가는 기린을 보았고, 그때부터 송이는 그를 기린 아저씨라 불렀다.

그가 내어놓은 카세트테이프엔 노래 제목들이 촘촘하게 적혀있었다. 쑥스러움에 고개를 숙이고 있던 기린 아저씨는 겨우 고개를 들면서 말했다.

"송골매를 좋아하신다고 해서 1집에서 9집까지 순서대로 타이틀곡들만 골랐어요."

"……."

기린 아저씨는 천천히 말했다.

"저 10대 때 취미가 이거였거든요. 카세트 달린 라디오에 공 테이프를 늘 넣어뒀다가 좋아하는 노래가 나오면 빨간 버튼을 눌러 녹음했어요. 테이프에 음악이 차면 교회 여자 친구한테도 주고 마음속에 담아뒀던 여선생님한테도 우편으로 보내고, 친하고 싶었던 친구에게도 전해주곤 했었는데……. 어른이 되고 나서는 한 번도 그런 걸 못해봤어요. 그런데 효림 엄마랑 교제하고부터 어릴 때 그 놀이를 다시 시작하게 됐어요. 제가 좀 유치하죠?"

"아뇨, 유치하지 않아요. 아저씬 아직 어른이 아니잖아요."

"놀리지 마세요. 제 나이가 마흔 다섯인데 어른이 아니라면 욕이죠."

마흔 다섯이라는 말에 송이는 얼굴이 붉어졌다. 기린 아저씨에게 저지른 큰 실수가 떠올랐기 때문이었다.

송이가 그를 처음 본 건 딸 아이 유치원 입학식에서였다.

그를 처음 본 순간, 그녀는 깜짝 놀랐다. 배철수가 한 동네 살고 있는 줄 알았던 것이다. 실제로 보니 나이가 좀 들어 보인다는 느낌도 들었다. 누가 배철수의 아이인가 싶어서, 입학한 아이들의 얼굴들을 찬찬히 살피기까지 했다. 그러나 잠시 후 그가 유치원 버스 기사란 사실을 알게 됐다. 아니나 다를까, 가까이서 찬찬히 살펴보니 그는 배철수 보다 10년은 더 늙어 보였다. 50대 중반은 넘었을 거라 확신했다. 어쩌면 며느리나 사위를 맞았을지도 모른다고까지 생각했다.

방금 기린 아저씨는 송이에게 '효림 엄마와 교제를 하고부터'라고 말했다. 교제! 서로 사귄다는 점잖고 고답적인 말. 기린 아저씨와 송이가 팔짱을 끼고 거리를 걷는다면 누구나 흐뭇한 표정으로 바라볼 것이다. 정 깊은 부녀간의 외출로 보이기 때문이다. 그러나 지금 이들은 교제라는 단어를 사용하고 있다. 외모로는 도저히 어울릴 것 같지 않은 남녀가 지금 교제를 하고 있는 것이다.

그 날, 지난 그 봄날, 송이가 하이마트모텔에서 나와 정약용 생가 오솔길로 들어섰던 그 날이었다. 송이는 그 날 오솔길을 따라 들어와 강이 보이는 '갈바람'이라는 카페에 들어섰다. 지금 교제 150일을 기념해 선물을 주고받는 바로 이곳이다. 들어서자마자 위스키를 스트레이트로 세 잔을 부어넣고 다시 맥주를 두 병 마시고 복분자술을 한 병 마시고 다시 위스키를 두 잔 부어 넣었다. 거의 30분 만에 세 종류의 술을 위 속으로 쓸어 넣었다. 알코올 기운이 온몸을 뒤덮자 겨우 마음이 안정됐다. 송이가 자리에서 일어나자 마음은 안정됐는지 몸은 휘청거렸다. 카페 문을 나서자 휘청거리는 그녀를 봄바람이 흔들어주었다. 그대로는 도저히 돌아갈 수 없도록 봄바람이 그녀의 치맛자락을 휘감았다. 송이는 강 쪽으로 나갔다.

강변 옆에 노천 술집이 있었다. 파라솔에 앉아서 막걸리를 한 병 시켰다. 한 잔이 들어가자 하늘이 움직였고 두 잔이 들어가자 돌기 시작했다. 한 병을 다 비우고 나자 지구가 돈다는 사실이 완전 증명됐다. 송이는 취한 걸음으로 강변을 따라 걸었다. 아무리 술을 마셨다고는 하지만 자신이 누군가의 엄마라는 사실은 그 와중에도 잊을 수 없었다. 철민과 외박(?)을 하겠다고 집을 나섰을 때 파출부 아줌마에게 미리 조치를 취해, 아줌마가 이틀 동안 집에 있어주기로 했다. 그래도 아이들이 걱정됐다. 유치원에 간 효림이는 왔는지, 막내는 잘 있는지, 첫째는……. 아줌마가 전화를 받았다. 막내도, 첫째도 모두 무사하단다. 그런데 둘째 효림이가 아직 유치원에서 오지 않았단다. 이상하다. 올 시간이 지났는데. 송이는 유치원으로 전화를 했다. 마침 배 기사가 받았다. 아까 집 앞에서 분명히 내려줬단다. 다시 집에 전화를 걸었다. 아직도 오지 않았단다. 취중에도 일순 아찔해지고 가슴이 콩닥거렸다. 당장 집으로 가야겠다고 마음을 다 잡는데 발길은 자꾸 허방을 내질렀다. 노천 술집 파라솔로 갔다. 다시 막걸리를 한 병 시키고 길게 한 잔 들이켰다. 두 잔째 들이키는데 집에서 전화가 왔다. 아줌마였다. 방금 효림이가 집에 왔다고 했다. 불안감이 사라지자 왠지 모를 서글픔이 몰려왔다. 그 날의 참담한 기분을 스스로 추스를 여유마저 그녀에게는 용납되지 않았다. 떠나와도 그녀의 일상은 악착같이 들러붙어 있었다. 철민은 철민대로 일이 있고, 집 안은 집 안대로 자신이 없어도 하루 이틀 정도는 알아서 굴러갈 것이건만, 이렇게나 좋은 봄날 나는 여기서 뭘 하고 있나? 가슴이 답답해왔다. 다시 막걸리 잔을 쭈욱 들이켰다. 그때 전화벨이 다시 울렸다. 유치원 배 기사였다.

"효림 어머님?"

"…… 네에……."

"효림 어머님, 걱정이 돼서 댁으로 전화를 해봤더니, 효림이가 도착했답니다."

"…… 네에……."

송이의 혓바닥은 이미 꼬이기 시작했다. 밑바닥에서 치밀어 오르는 자신을 향한 분노가 일렁거렸다. 누군가, 시비 걸 인간이 필요했다. 바로, 그때 배 기사가 전화를 해온 것이다.

"효림 어머님, 걱정 끼쳐 드려서 죄송합니다."

"됐어요!"

송이의 목소리에는 다분히 시비조의 냉랭함이 가득 배어 있었다.

그러자 배 기사도 긴장이 됐다. 아이들을 제대로 인수해주는 게 배 기사의 중요한 임무중 하나였기 때문이다.

"아, 효림 어머님, 죄송합니다. 효림이가 워낙 똑똑해서 내려주면 혼자 알아서 잘 가길래…… 그냥 안심하고…… 다음부터는 절대 그런 일이 없도록 하겠습니다."

"알았다니까요!"

"효림 어머님, 화 많이 나셨군요. 이번 일은 전적으로 저의……"

송이는 배 기사의 말허리를 자르면서 버럭 소리를 질렀다.

"이것보세요! 난 효림 엄마가 아니고요, 경림이 엄마도 아니고요, 수림이 엄마도 아니란 말이에요. 오. 송. 이! 오송이라는 이름을 가진 사람이란 말입니다. 아시겠어요? 네에? 아

187

시겠냐고요?"

"……."

"아저씬 그것도 몰라요? 네에?"

"죄송합니다."

"뭐가 죄송하다는 거예요?"

"여하튼 죄송하게 됐습니다."

송이의 꼬인 혓바닥은 완전히 엉켜서 풀리지가 않았다.

"댁이 왜 나한테 죄송하냔 말씀이에요, 네에?"

"효림 어머니, 아……아니……오송이 여사님! 제가 큰 실수를 해서……."

"이것 보세요, 내가 무슨 여사예요. 그냥 오송이! 오송이란 말예요."

송이는 자신의 이름을 부르짖으면서 자리에서 벌떡 일어섰다. 의자가 뒤로 넘어지고 의자와 함께 자신도 땅바닥으로 뒹굴었다. 그 바람에 전화기가 꺼져버렸다. 아까부터 심상찮은 눈빛으로 쳐다보던 노천 술집 주인 여자가 혀를 찼다. 기어코 일을 저질렀다는 표정이었다. 송이는 지폐 한 장을 파라솔 아래 던져두고 휘청거리며 강가로 걸어갔다. 그야말로 소풍 가기에 딱 좋은 봄 햇살이었다. 송이는 풀숲에 드러누웠다. 푸른 하늘이 보였다. 오랜만에 보는 푸른 하늘이었다. 풀숲은 강물과 바로 붙어있었다. 상체는 풀숲에 두고 두 발은 찰랑거리는 강물에 담갔다. 송이는 두 발을 까딱이며 물장구를 쳤다. 눈을 감았다 떴다 반복하는데 전화벨이 울렸다. 배 기사였다.

"저어기…… 효림 어머님, 괜찮으세요? 지금 뭔 일이 있으신가요?"

"……."

"듣고 계세요? 제가, 이거 제가 감히…… 끼어들 일은 아니지만, 아까 효림 어머님 목소리가 워낙 좋지 않아서……. 죄송합니다, 뭔 일이신지. 제가, 뭐…… 도와드릴 일이라도……."

"…… 누구세요?"

송이는 순간적으로 그가 누구인지 잠시 헷갈렸다.

"저…… 유치원 배 기사입니다. 아까…… 좀 전에…… 효림 어머님 상태가 안 좋으신 것 같아서."

"네……좋지 않아요. 그런데 그걸 어떻게 알았죠? 누가 말해줬어요? 네에?"

"아니, 좀 전에 저하고 통화하셨잖아요."

"누가 통화를 했다고요? 제가 왜 배 기사님이랑 통화를 해요?"

송이는 눈을 껌뻑이며 하늘을 보았다. 짤막짤막한 영상들이 왔다 갔다 했다. 답답한 마음에 강물에 담긴 두 발을 빠르게 첨벙거려 보았다.

"화가 많이 나신 것 같은데, 용서하세요."

송이는 부스스 몸을 일으켜 세웠다. 정신이 깜빡깜빡 오락가락했다. 주변을 천천히 살폈다. 문득 낯선 풍경에 소름이 몰려왔다.

"여기가…… 어디죠?"

"네에? 효림 어머님, 뭔 일 있는 거 맞죠? 어디세요? 지금."

"그러게 말예요, 어디가 어딜까요?"

"말씀해 보세요. 주변에 큰 건물이나 관공서 같은 거, 뭐 그런 거 안 보이세요?"

배 기사의 목소리는 염려와 다급함이 묻어 있었다.

"관공서요? 네에, 여긴 목민심서예요."

"그게 뭔데요?"

"정약용 몰라요? 목민심서 정약용 말예요. 유배지……. 목민심서 생가가 있네요…… 그래요, 여긴 유배지네요. 강물이 참 좋은데…… 목민심서 생가라니…….."

송이는 웅얼웅얼 거리다가 고개가 푸욱 꺾이면서 풀숲으로 나 뒹굴어 잠이 들었다.

위이잉.

버스 안을 가득 채운 히터 소리에 송이는 눈을 떴다. 송이의 시선에 가장 먼저 들어온 것은 물 묻은 자신의 구두가 버스 의자 등받이 위에 나란히 앉아 있는 모습이었다. 송이는 얼른 눈을 감았다. 눈을 감은 채 정리를 해 보았다. 지금 이 버스는 무엇인가. 왜 구두는 물에 젖어서 햇볕을 쬐고 있는가. 자신은 왜 이 버스 안에서 잠이 깼는가. 눈을 뜨고 상황 파악을 해야겠는데 눈을 뜰 용기가 나지 않았다. 이때 배 기사의 목소리가 들려왔다.

"이거 좀 드세요."

인스턴트 꿀차였다. 그러나 부끄러워서 얼굴을 들 수가 없었다. 시선을 아래로 깔고는 부스스 몸을 일으켜 세웠다.

"뜨거운 물을 부은 지가 좀 돼서 식었네요. 그래도 좀 드세요."

그제야 송이는 목소리의 주인공을 겨우 바라보았다. 멀대 같은 키, 푸석거리는 머리, 주름지고 깡마른 얼굴의 유치원 배 기사였다. 도대체가 불가사의한 일이었다. 왜 이 아저씨가 지금 여기 있는가. 송이는 주변을 살펴보았다. 유치원 버스 안이었다. 차 창 밖을 보았다. 여전히 아까 그 강가였다. 봄 햇살은 서녘으로 넘어가고 강물은 황금으로 찰랑거렸다.

"아까 전화 받고…… 어째야 되나…… 굉장히 놀랬고……
효림 아빠한테 연락할까 하다가…… 어쩌면…… 혹시나……
뭐 좋지 않을 수도 있겠다 싶었고…… 목민심서라고 해
서…… 유배지라고 해서…… 그게 어딘가…… 생가라고 해
서…… 그것도 모르겠고…… 얼른 인터넷 검색을 해봤어요.
그러자 정약용 생가라는 게 여기 있는 줄 처음 알았어요. 그
래서 일단 달려왔어요. 와서 이 부근을 살피다가 저기 저 아
래 풀숲에서 주무시길래."

"……"

"……"

두 사람은 쑥스러움에 잠시 말을 잃었다. 기린 아저씨는 말
없이 다시 한 번 꿀차를 들이밀었다. 송이는 받아 마셨다. 아
직도 온기가 남아있었다. 어떻게 이 고마움을 전해야 하나,
어떤 말로 이 눈물겹도록 따뜻한 사람의 정에 보답할 수 있을
까. 송이의 머릿속은 어지러웠다. 그런데 입에서는 전혀 엉
뚱한 말이 튀어나왔다.

"나이 드신 분이 용하네요. 인터넷 검색해서 찾을 줄도 알
고."

"저, 보기보다 나이 많지 않아요."

"그래도 50대 중반에 인터넷을 한다면 젊게 사시는 거죠."

"저어……는 아직…… 마흔다섯, 만으로 이제 겨우 마흔넷 인데……."

순간 송이의 얼굴이 화끈 달아올랐다.

그러자 그가 송이를 위로한답시고 농담을 한마디 던졌다.

"아까 말씀하신 유배지, 정약용, 생가, 목민심서 뭐 그런 거 검색하니까. 전남 강진이 뜨데요. 강진까지 가지 않은 게 큰 다행이에요."

썰렁한 농담이었다. 그리고 그는 히죽 웃었다. 히죽 웃는 입꼬리가 어쩐지 배철수와 꼭 닮아 있었다. 송이가 불쑥 한마디 던졌다.

"저어기요…… 혹시 〈세상 모르고 살았노라〉라는 노래 아 세요?"

"네, 20대 때 좋아했던 노래예요."

"그거 한 번 불러주실래요?"

기린 아저씨는 잠시 망설였다. 그 모습을 보자 송이는 스스 로에게 민망했다. 난데없이 노래를 불러달라니. 알코올 기운 이 아직 몸속에 남아있는 탓이었다. 그런데 그는 헛기침을 두 어 번 하고는 노래를 부르기 시작했다.

가고 오지 못한다는 말은

철없는 시절에 들었노라

만수산 떠나간 그 내 님을

오늘날 만날 수 있다면

고락에 겨운 내 입술로

모든 얘기 할 수도 있지만

나는 세상 모르고 살았노라

나는 세상 모르고 살았노라

그는 타고난 음치였다. 음정은 엉망이고 박자는 처지고 그
야말로 뒤죽박죽이었다. 그러나 눈을 지그시 감고 온몸으로
노래를 불렀다. 반주도 없는 노래는 아주 특이했다. 그의 감
정은 온 몸에 베여서 나오고 있었다. 노래는 아니었지만 시심
(詩心)은 일어났다. 특히 '철없던 시절에 들었노라'는 노랫말
은 한 편의 시가 되어 송이의 마음속으로 스며들었다.

송이와 기린 아저씨의 교제는 그렇게 시작됐다. 그 날부터
시작해 강가에 억새풀이 날리는 가을까지, 오늘은, 딱 150일
이 되는 날이다. 처음 두 사람을 연결해준 장소에서 150일을
기념하기 위해 여기에 다시 온 것이다.

송이는 기린 아저씨가 녹음해온 테이프를 카운터로 가지고 갔다. 카페 주인 여자가 테이프를 오디오에 넣었다. 창밖에는 가을 햇살, 은빛으로 찰랑이는 강물, 그리고 송골매가 날아다녔다. 송이는 양손으로 턱을 괴고 기린 아저씨를 바라보았다.

"하아…… 참 좋다~아."

기린 아저씨도 입을 벙그레 벌리며 화답했다.

"저도 좋네요."

"아저씨, 저 보약 드시고 살 좀 찌세요."

"네."

"아저씬 살찌면 10년은 젊어 보일 거예요."

"네."

"그리고 너무 웃지 마세요."

"네."

"아저씨 주름의 8할은 늘 웃고 다니기 때문에 생기는 거예요."

"네."

"아저씬 '네'라는 말 밖에 할 줄 몰라요?"

"네, 아니요. 효림 엄마가 하지 말라는 건 하지 않고요. 하라는 건 뭐든지 할게요."

기린 아저씨는 노래를 흥얼거렸다. 어쩜 저렇게 깊은 호수와 같은 눈을 가진 남자가 있을까. 얼굴을 가득 덮은 저 주름들이 어쩜 저다지도 삶의 깊이로 느껴질까. 반듯하지도 않은 저 얼굴이 어쩜 저렇게나 매력적일 수 있을까. 송이는 기린 아저씨의 얼굴을 보고 또 보아도 질리지 않았다.

그와 그녀는 주로 노란 유치원 버스를 타고 데이트를 즐겼다. 만난 지 50일을 기념해 동네 공원에 차를 세워두고 그 안에서 처음 손을 잡았다. 기린 아저씨는 사시나무처럼 덜덜 떨었다. 손을 맞잡고 두 사람은 한동안 말이 없었다. 그러다가 그가 겨우 입을 열었다.

"우리…… 이제…… 진짜로…… 교제하는 건가요?"

송이는 고개를 끄덕여줬다. 교제 100일 기념일엔 일산 호수공원 앞에 버스를 세워두고 차 안에서 처음 키스를 했다.

그때 기린 아저씨의 손이 송이의 가슴으로 들어왔고 송이는 저도 모르게 이런 말을 내뱉었다.

"저…… 이런 여자 아니에요!"

기린 아저씨는 화들짝 놀라 손을 거두었다. 민망함과 죄스러움의 얼굴로 어쩔 줄 몰라 했다.

"죄…… 죄송해요. 전 단지……그냥…… 저도 모르

게······. 알아요······ 남편 있는 사람이란 걸 깜빡했어요.

아······ 큰 죄를 지을 뻔······ 두 번 다시······ 이런 실수

를······."

그가 손을 비비고 횡설수설하며 당황하는 꼴을 보고 있자

니, 송이는 자신의 머리를 망치로 후려치고 싶었다. 마음도

몸도 이미 다 열렸는데 어쩌자고 그 순간에 그 말이 튀어나왔

을까. 이 남자가 누군가. 소심하기로 따지자면 그를 따를 사

람이 누가 있겠는가. 처음 손을 잡고 난 뒤 얼마나 충격과 들

뜸과 죄책감과 황홀감에 시달렸는지 지하철역에서 큰 실수를

저지르고 말았던 남자 아닌가.

처음 손을 잡은 대사건을 치른 날이었다. 그는 지하철을 타

러갔다. 그러나 지하철 패스를 통과기에 집어넣는데 들어가

지 않았다. 몇 번이나 시도해 보았지만 빨려 들어가야 할 패

스는 여전히 자신의 손에 들려있었다. 그는 할 수 없이 역무

원에게 다가가 물었다. 패스를 역무원에게 보여주면서 이 패

스가 잘못된 것 같다고 말했다. 패스를 받아 든 역무원이 그

의 얼굴을 한참이나 들여다봤다. 그도 역무원을 바라봤다.

잠시 후 역무원이 어이없는 표정으로 말했다.

"운전면허증으로 어쩌자고요?"

자신의 손으로 되돌아온 패스를 내려다 본 그는 그제야 알

았다. 지하철 패스가 아닌 운전면허증을 통과기에 집어넣고 있었다는 걸……. 그날 하루, 온통 제 정신이 아니었던 것이다. 발걸음은 공중에 붕붕 떠다니는 것 같았고, 자신에게도 이런 행복한 기운으로 휘감기는 날들이 있다는 게 믿어지지가 않았단다. 하지만 그게 다가 아니었다. 어디까지나 불륜이라는 사실 때문에 줄곧 누군가가 뒤따라올 것 같은 두려움에 떨어야 했다. 골목길을 돌아서면 그녀의 남편이 야구 방망이를 들고 떡 하니 나타날 것 같은 공포감에 시달려야했다. 이 남자는 바로 그런 남자다. 어쩌면 세상에서 가장 소심한 남자일지도 모른다.

그 소심함 때문에 아직까지도 결혼 한 번 못해보고, 아니 결혼은 고사하고 제대로 된 연애 한 번 해보지 못한 남자가 아닌가. 연애 정신 연령이 아직 사춘기에서 정지돼 버린 희귀한 성격의 소유자가 아닌가. 그에 반해 그녀는 연애와 사랑, 섹스에 관해서는 이 남자보다 어른이지 않은가. 사랑의 감정이 충만한 관계에선 서로의 몸을 나누는 것은 지극히 자연스러운 현상이란 걸 설명해줘야 할 입장이 아닌가. 또한 그에 따른 후속조치로 어떤 행동을 리드해야 할 입장이지 않은가. 그런데, 그런데, 어쩌자고…… '저 이런 여자 아니에요.'라니. 그렇잖아도 그는 송이가 유부녀라는 사실 때문에 손 한 번 잡은 걸 가지고 몇 날 며칠을 고민하고 자책하던 남자였는데……. 찬물을 끼얹어도 유분수지, 저 이런 여자 아니라니! 죄스러움에 어쩔 줄 몰라 하는 기린 아저씨의 손을 송이는 다시 잡았다. 그의 손바닥은 땀으로 축축하게 젖어있었다. 송이는 그의 젖은 손을 부드럽게 힘을 주어 꼬옥 잡았다. 그리고 조용하고 낮게, 들릴락 말락, 수줍게, 시선을 내리깔며 속삭였다.

"우리 만남 150일 기념일에……요오……."

기린 아저씨는 고개를 들고 송이를 보다가 얼른 시선을 돌렸다.

"그날까지…… 만나면…… 제 마음을 몸으로 확인해도…… 좋을 것 같아요."

송이는 모기소리로 속삭였는데 그의 귀는 축음기 나팔관처럼 확장돼 그 말을 빠짐없이 흡수했다. 그의 얼굴이 벌겋게 달아올랐다. 아무리 사춘기 소년에서 연애 정신 연령이 멈췄다 해도 그 말의 의미는 잘 알고 있으리라. 그리고 오늘이 바로 그날이다. 만난 지 150일 기념일! 마음을 몸으로 확인하자고 동의한 바로 그날.

지난 150일 중, 서로의 맘을 확인하고 몸을 나누자고 동의한 나머지 50일 동안, 그와 그녀는 데이트 중에 모텔 간판만

봐도 괜히 쑥스러워졌다. 송이는 괜스레 가슴이 콩닥거리는 자신에게 놀랐다. 한때 여관 출입을 일상의 일로서 소화한 적도 있었지 않은가. 그랬던 그녀가 모텔 간판 앞에서 시선을 어디 둬야 좋을지 몰라 하다니. 그때 송이는 알았다. 자신이 이 남자를 많이 사랑하고 있다는 사실을, 이 남자의 바보스러운 순진함에 완전히 감염 되었다는 사실을, 사람이 사람한테 감염이 된다는 게 이토록이나 행복하다는 사실을, 자신 안에 있던 그 모든 것이 한순간에 사라지고 온통 그 남자의 세계 속에 흠뻑 빠져 있다는 사실을……. 삐쩍 마른 얼굴이 사색적으로 보이고 늙은 나이가 안정감으로 여겨졌고 사회적으로 성공하지 못한 배경 자체가 순수한 인간의 전형으로 보였다. 즉 정상적인 분별심을 잃어버렸다. 분별심이 있다는 건 뭔가. 사물의 이치와 시시비비를 가리고, 이건 이것이고, 저건 저것이다는 경계를 가르는 것 아닌가. 그런데 이 남자를 만나면서부터 경계도 없어지고 시시비비도 없어지고 그저 좋다는 단어만 머릿속을 가득 채웠다. 사람들이 흔히 말하는 콩깍지가 씌인 것이다. 테이프가 앞뒤로 다 돌아가고 난 뒤 두 사람은 눈빛을 나눴다. 이젠 일어나야 할 때다. 마음을 몸으로 확인하는 그 경건한 의식, 통과의례를 위한 장소로 떠나야 한다.

카페 문을 나서자 가을바람이 휘익 불어왔다. 푸스스 날리는 기린 아저씨의 제멋대로 뻗친 머리카락이 송이에겐 예술가의 초상처럼 보였다. 기린 아저씨가 옷깃을 세우자 송이는 그의 팔짱을 꼈다. 송이의 젖가슴이 그의 팔에 뭉클 전해졌다. 움찔하는 느낌이 그녀에게 전해졌다. 그는 엉거주춤 거렸다. 마치 포경수술을 마친 소년과 같은 걸음 자세가 됐다. 그렇게 그와 그녀가 버스 쪽으로 걸어가는데 등 뒤에서 누군가가 부르는 소리가 들렸다.

"실례합니다."

그와 동시에 그의 몸은 급격하게 경직됐다. 불심검문에 걸린 현행범의 두근거리는 놀라움이 그를 덮쳤다. 그는 되돌아보지도 못하고 송이의 팔을 슬며시 밀어내었다. 송이가 되돌아보았다. 20대 청년이었다. 청년이 카메라를 내밀었다.

"저어, 사진 좀 찍어 주실래요?"

그제야 기린 아저씨도 되돌아보았다. 기린 아저씨는 카메라를 받아들고 청년은 강가에 서 있는 애인에게로 달려갔다. 카메라를 받아든 기린 아저씨는 프레임을 들여다보았다. 그 안엔 강을 배경으로 젊은 남녀가 다정스런 자세로 서 있었다. 카메라를 받쳐 든 기린 아저씨의 손이 가볍게 떨렸다. 셔터를 세 번 연속으로 누른 후 카메라는 청년에게로 되돌아갔다. 기린 아저씨는 강을 바라보는데 눈가엔 울컥 눈물이 맺혔다. 송이가 놀라서 물었다.

"아저씨, 왜?"

"……."

"왜에? 으응?"

"우린…… 우린 말예요. 사진도 하나 남길 수 없는 관계잖아요."

송이의 얼굴도 슬픔으로 덮였다. 그와 그녀는 강바람을 맞으면서 머리카락을 휘날리며 비련의 주인공과 같은 표정으로 서로 마주 보았다. 송이의 목을 감싼 스카프도 펄펄펄 휘날렸다. 송이는 문득 아침 드라마의 주인공도 별것 아니다는 생각이 들었다. 송이는 기린 아저씨의 양손을 잡았다. 그리고는 주변의 시선도 의식하지 않고 깨금발을 세워 그의 입술에 짧게 키스를 했다.

송이는 기린 아저씨의 손목을 잡아끌었다.

"우리 가요! 어서."

그와 그녀는 손을 잡고 버스 쪽으로 달렸다.

버스 안으로 들어선 그와 그녀는 엉거주춤 입맞춤을 나눴다. 그에게서 이발소의 싸구려 스킨 냄새가 났다. 그의 목덜미가 눈에 들어왔다. 머리카락 아래가 깨끗하게 면도돼 있었다. 오늘을 위해서 이발하고 목욕을 한 티가 역력했다. 그는 서툴기 짝이 없었다. 그러나 서툰 그 솜씨마저도 송이에겐 기쁨으로 느껴졌다. 오랜 세월 봉인된 숙성 잘된 쌉쌀한 와인이 떠올랐다. 그는 그저 입만 송이에게 맡긴 채 손을 어디에 둘지 몰라 허둥대고 있었다. 그의 손이야 당연히 그녀의 가슴속으로 들어가고 싶겠지만 언젠가의 그 거절이 떠올라 망설이고 있었다. 송이는 그의 손을 잡아 자신의 가슴 안쪽으로 밀어 넣어 주었다. 그러자 그의 입에서 하아…… 하아…… 하는 신음 소리가 뱉어졌다. 뜨거운 입김이 송이의 귓불을 덮쳤다. 기린 아저씨는 용기를 내어 송이를 의자에 밀어 넣고는 그 위로 덮치듯이 누웠다. 그 순간 의자의 비닐커버가 삐~삐~삐걱, 뽕뽕뽕 거리는 기묘한 소리가 났다. 아래에 깔린 송이가 그의 목을 잡고 당기는데 뽕뽕뽕 소리가 계속 났다. 기린 아저씨는 몸을 벌떡 일으켜 세웠다. 반쯤 풀어진 블라우스를 추스르며 송이가 물었다.

"왜요?"

"아우, 소리 때문에 아이들 뽕뽕 신발이 떠오르고, 그 생각이 나니까 아이들 실어 나르는 차에서 이런 짓을 해도 되나 싶고……. 잠깐만요, 그리고 여긴…… 사람들이 너무 많이 다니는 곳이고……. 잠깐만요, 우리 잠시만…… 잠깐만요."

기린 아저씨는 자신의 가슴을 쓸어내리며 진정해보려고 노력했다.

"그럼, 장소를 옮겨요?"

　도로에서 벗어난 강 쪽의 오솔길로 유치원 버스가 조심조심 이동했다. 억새풀이 춤추는 한적한 곳이 보였다. 그러나 그곳까지 버스가 들어갈 수 없었다. 버스가 마지막으로 설 수 있는 곳에는 노천 술집과 가게가 있었다. 버스는 다시 후진을 해 도로로 나왔다. 한적하다 싶은 곳이 있으면 다시 강 쪽으로 빠져나갔다. 강변을 돌고 돌기를 거의 한 시간만에야 버스가 들어갈 수 있는 길을 찾았다. 강가로 들어서자 그곳에도 예외 없이 가게가 있었다. 가게 뒤쪽으로 버스가 겨우 갈 수 있는 길이 있었다. 밀고 들어갔다. 백미러로 보니 가게가 보이지 않았다. 됐다. 아주 좋은 장소였다. 게다가 그 길에는 천장도 있었다. 강을 가로지르는 고속도로가 그 위에 얹혀있었던 것이다. 즉, 고속도로 다리 밑이다. 머리 위로는 자동차들이 달리는 소리가 괴에엥 괴에엥 들려왔다. 간헐적으로 상판을 연결하는 철제판의 퍼엉펑 흔들리는 소리도 들려왔다. 귀가 멍멍했다. 그 소음을 피하려고 기린 아저씨는 라디오를 켰다. 마침 들어있던 카세트테이프가 돌아갔다. '검은 고양이

네로 네로~ 네로는 정다운 나의 친구지~ 검은 고양이 네로 네로~.' 기린 아저씨는 얼른 음악을 껐다. 그 노래는 이 버스가 유치원용이라는 사실을 다시 한 번 환기시켜줬다. 기린 아저씨가 송이에게 물었다.

"어떻게 하고 싶으세요?"

"아저씨는 어때요?"

"전 그저 송이 씨가 좋으면, 어디라도 좋아요."

"네에, 저도 아저씨만 괜찮으면 어디라도 좋아요."

두 사람은 그윽한 표정으로 서로를 마주 보았다. 그리고 천천히 다가서면서 부드럽게 입술에 입술을 얹었다. 기린 아저씨의 손이 아까보다는 과감하게 송이의 블라우스 단추를 풀었다. 가슴까지 그의 손이 다가왔다. 송이의 블라우스 단추가 모두 풀렸다. 브레지어의 컵은 위로 올라가고 그 자리를 기린 아저씨의 입술이 대신했다. 송이의 손도 쉬지 않았다. 그의 바지 벨트를 풀고 지퍼를 내려주었다. 그 와중에도 머리 위에선 퍼엉펑 철제판의 폭음이 끊임없이 이어졌다. 그러나 그와 그녀의 귀에는 소음이 더 이상 들리지가 않았다. 의자의 비닐 커버에선 뽕뽕뽕 하는 소리가 여전했지만 그 소리마저도 두 사람의 열기에 곧 묻혀 버렸다. 이제 그와 그녀의 공간은 적막함만 있을 뿐이다. 적막함 사이로 가끔 천상의 음악만

이 섞여들었다. 두 사람이 뿜어내는 더운 입김으로 버스 안은 폭염의 여름 같았다. 그와 그녀의 이마와 목덜미는 땀으로 축 축해졌다. 송이는 더 이상 기다릴 수가 없었다. 자신이 리드 하지 않으면 이 남자는 조금의 진전도 보지 못할 것이다. 송 이는 기린 아저씨의 손목을 잡아 자신의 치마 안쪽으로 밀어 넣었다. 그가 몸을 비틀리면서 반쯤 내려진 바지를 완전히 벗 기 위해서 몸을 일으켜 세우는데, 아니 몸을 세우려고 고개를 돌리는데, 흐읍! 아뿔싸!!

불과 영점 영영 몇 초의 찰나였지만 오만가지 부끄러움이 지나가는 억겁의 순간이었다. 바로 누군가가 차창 밖에서 안 쪽을 살며시 들여다보고 있었다. 들여다보던 시선은 얼른 차 창 아래로 몸을 숨겼다. 순간 얼어붙은 송이와 기린 아저씨 는 차창을 보았다. 한 사내가 얼른 자신의 차로 달려가고 있 었다. 그러고 보니 전방에 1톤 트럭이 한 대 서 있었다. 고속 도로 아래 외길, 버스가 길을 가로 막고 있는 동안 마주오던 트럭은 끊임없이 경적을 울렸지만 그와 그녀는 몸만 그곳에 있었지 정신은 잠시 천상에 가 있었다. 당연히 그 소리를 듣 지 못했다. 트럭 운전수가 더 이상 참지 못하고 버스 쪽으로 왔고, 거기서 좋은 구경을 한 자락 한 것이다. 이윽고, 트럭 운전석으로 돌아간 남자는 다시 한 번 길게 경적 소리를 울렸다. 길을 트라는 신호였다. 그와 그녀는 허겁지겁 옷을 걸쳤다. 그는 주변을 살펴보았다. 길을 터줄 공간은 한 치도 없었다. 그는 전방을 살폈다. 트럭 운전사는 아직 20대의 풋내나는 젊은 녀석이었다. 헌데, 운전대에 턱을 괴고 바라보면서 실실 웃고 있었다. 그러면서 다시 한 번 경적을 울렸다. 똑바로 오기에도 아슬아슬한 길이었다. 꼼짝없이 후진해 나가야 했다. 후진 기어가 들어가고 버스는 조금씩 조금씩 움직였다. 오른쪽은 강이고 왼쪽은 갈대늪지였다. 빠지면 견인차도 오지 못하는 곳이다. 군대 운전병으로부터 시작해 운전경력 22년차의 베테랑이었지만 지금처럼 진땀나는 경우는 처음이었다. 송이는 차 뒤쪽으로 가서 좌우를 살펴주었다. 긴장하기는 송이도 마찬가지였다. 송이는 고개를 좌우로 돌리면서 외쳤다.

"오라이…… 오라이…… 스토……옵…… 스톱……. 네에…… 다시, 오라이…… 오라이…… 스토……옵……."

1킬로 남짓한 길을 나오는데 거의 10분 이상이 걸렸다. 운전대를 잡은 그의 손은 땀으로 홍건했다. 길을 비켜주자 트럭의 풋내 녀석은 놀리듯 '빵빵빵' 경적을 울리고는 휭 하니 사라졌다. 그제야 송이와 그는 길게 한 숨을 쉬었다.

"죄송해요, 아저씨. 제가 괜히 이쪽으로 들어가자고 해서……."

"아니에요, 근데 아무래도 오늘은 그 날이 아닌가 봐요."

"다른 날로 할까요?"

버스는 강을 끼고 되돌아 달렸다. 몇 시간 전 기대로 들떠서 떠나올 때와는 달리 아쉬움만 남기고 집으로 돌아가는 길이었다. 그는 말없이 운전을 하면서 룸 밀러로 송이를 쳐다봤다. 운전석 뒷자리에 앉은 송이도 말이 없었다. 버스는 양평대교를 건너 미사리로 접어들었다. 송이는 여전히 말이 없었다. 뭔 말인가를 하긴 해야겠는데, 이런 때 어떤 말을 해야 좋을지 몰랐다. 화가 난건가? 그 현장을 젊은 놈에게 들켜서 수치스러움에 못 견뎌하는가? 알 수 없는 노릇이었다. 말로 뭔가 설명되지 않을 땐 만용이라도 부려볼까? 어쩌면 오늘 하지 못하면 영원히 그것을 못 할 수도 있다는 예감도 들었다. 그녀가 그것을 허락한 건 분명한 사실이지 않은가. 그는 다시 한번 얘기를 해볼까 망설였다. 길가에는 통기타 전문 카페들이 줄지어 서 있었다. 최백호가 나오는 카페……. 혜은이가 나오는 카페, 수와 진이 나오는 카페, 요즘 유행하는 40대들을 위한 카페촌이었다. 저 멀리 송창식의 얼굴이 대형 간판에 걸려있었다. '송창식 카페만 지나면 그 얘기를 해야지.'라고 그는 결심했다. 웃고 있는 송창식 얼굴이 점점 다가왔다. 이윽고 송창식의 얼굴이 뒤로 밀려났다. 그가 드디어 결심을 끝내고 '저어……' 라고 겨우 입을 연 순간, 송이도 동시에 '저어……' 라고 했다.

"네에? 말씀하세요."

"아니, 아저씨 먼저 말씀하세요."

"아니에요, 송이 씨가 먼저."

"아저씨가 먼저."

"……."

"……."

"……."

"……."

결국 두 사람은 다시 침묵 속으로 밀려들었다. 한참만에야 송이가 조심스레 입을 열었다.

"좀 전에 아저씨가 무슨 말을 하려고 했는지, 저 알아요."

"……."

"다른 데 한 번 더 찾아보자는 말 하려고 했죠?"

그는 대답대신 고개를 끄덕였다.

지상 최대 연애사건

　버스는 유턴을 해 미사리 카페촌을 넘어 경기도 광주 방향으로 길을 잡았다. 들판 너머 솟구쳐 있는 성들이 보였다. 멀리서 바라보면 그곳은 사막 한가운데 자리잡은 라스베이거스를 닮았다.

　기린 아저씨는 모텔촌이 보이기 시작하는 들판 너머에서부터 갈등을 하기 시작했다. 노란 유치원 버스로 모텔촌을 돌아다닐 순 없지 않은가. 차를 적당한데 두고 택시를 타고 갈 것인가. 그렇다면 주차할 곳을 찾아야 하고 또한 택시를 타고 그곳에 가자고 해야 하고…… 그곳엔 간다? 흐음…… 그곳에 갑시다, 라고 말할 순 없지 않은가. 그럼…… 저기요…… 저기 보이지요, 모텔촌! 그것도 어색하다. 모텔촌 가자고 기사에게 말할 때, 곁에 앉은 그녀가 얼마나 무안할 것인가. 그렇다면 차를 세워두고 걸어간다? 10, 20분은 족히 걸어야 한다. 걷는 동안, 모텔촌을 눈앞에 두고 걷는 동안 그녀는 무슨 생각을 하게 될까. 스스로를 너무 수치스럽게 생각하지는 않을까. 모텔을 가기위해 들판 길을 걷는다? 군색하고 다리도 아플 것이며 이런저런 생각이 너무 겹칠 것 아닌가. 그런 와중에 어색함은 더해질 것이고 그 어색함 때문에 가까스로 이뤄낸 그녀와의 동의에 알 수 없는 어떤 흠집이 생길 것이고, 그러다가 다시 포기하고 돌아설 일은 생기지 않을까. 애라…… 눈 딱 감고 가보자. 어디 지하 주차장이라도 있겠지.

모텔촌 입구에서 버스는 잠시 멈춰 섰다. 기린 아저씨는 길 안쪽을 향해 목을 길게 빼고 들여다보았다. '꿈의 궁전', '홀인원모텔', '유토피아모텔', '샹그릴라모텔', '나폴리모텔'……. 버스는 천천히 골목 안쪽으로 이동했다. 모텔 앞에는 크고 작은 현수막들이 삐끼들처럼 펄럭이고 있었다. '초고속 인터넷 완비', '최신형 러브체어 입하', '멤버십 공간', '최신형 DVD 완비', '월풀 욕조', '스팀 사우나', '물침대, 옥침대 선택 가능'.

기린 아저씨는 각 모텔이 내세우는 현수막을 찬찬히 살피면서 버스를 움직였다. 각 모텔의 주차장들은 비닐 휘장들로 안쪽을 가려주고 있었다. 송이는 그 휘장들을 보다가 갸웃했다. 누가 저런 아이디어를 개발했을까 싶었다. 그러다가 문득 끼쳐오는 소름에 온몸이 오소소 떨렸다. 그건 바로 자신이 최초로 내 놓은 아이디어 아닌가. 그 옛날 여관을 직업정신으로 드나들었던 자신이 지금의 자신과 동일인물인지 의심스러웠다. 모텔 들어가는 걸 이토록이나 쑥스러워 하는 자신의 내숭에 스스로 혀를 내 두를 지경이었다. 내숭? 아닌 것 같다. 이 남자의 순진함에 완전히 감염이 된 것이라고 스스로를 다독거렸다. 이 남자를 너무 사랑하기 때문에 이 남자의 세계 속에 완전히 삼투압된 탓이고, 그래서 과거의 자신은 기억할 수가 없다고, 첫 사랑과 함께 첫 사랑의 느낌을 몸으로 확인하러 가는 길이라고, 어쩌면 이 남자가 자신에게 첫 남자이고, 오늘 그와 사랑을 나누게 된다면 그것이 첫 경험일거라고, 심호흡을 하면서 스스로에게 몇 번이나 되짚어 주었다. 말도 안 돼, 첫 경험이라니. 송이가 그런 다짐을 하고 있는 동안 버스는 왔던 골목을 두 번이나 되돌고 있었다. 송이가 물었다.

"특별히 찾는 공간이 있어요?"

"지하 주차장요."

아하, 송이는 그가 존경스러웠다. 이 사람이야말로 교육계의 일원으로서 진정한 직업인이다. 이 와중에도 유치원을 욕되지 않게 하기 위해서 지하 주차장을 찾는구나. 자신은 그것까지는 생각지도 못했는데. 역시!

골목 안을 돌고 돌아서 처음 들어섰던 곳에서 좌측으로 돌았다. 특별한 주차장이 하나 보였다. 주차장 입구에 휘날리는 비닐 휘장이 없는 곳이었다. 즉, 주차장 안쪽을 들여다 볼 수 있는 곳이었다. 그는 차를 서행하면서 들여다보았다. 지상 주차장은 없고 건물 아래로 지하 주차장이 연결돼 있었다. 바로 저기다. 그와 그녀는 서로의 얼굴을 바라보면서 활짝 웃었다. 고진감래, 하이파이브!

버스의 계기판이 갑자기 흔들흔들 치솟았다. 버스는 지하 주차장을 향해 돌진하듯이 부우웅 경쾌한 굉음을 일으키며 달렸다. S자 곡선으로 꺾이는 땅 밑을 향해 버스는 리듬감에 실려 휘익 도는데 퍼억! 꽝! 끼이익 끼이익, 부르릉 부르릉, 꽈르르르르르릉.

어럽쇼?

액셀을 최대한 밟아봤지만 버스는 S자의 허리 위치에서 옴짝달싹 하지 못하고 멈춰 섰다. 지하 주차장 입구 천정은 너무 낮았다. 세단 승용차 위주로 지하 주차장을 만든 탓이다.

후진 기어를 넣고 밟아보고 다시 앞으로도 밟아봤지만 계속 헛바퀴만 돌뿐이었다. 그는 있는 힘을 다해 다시 한 번 액셀을 밟아 보았다. 타이어 타는 냄새가 누릿하게 지하공간을 채웠다. 때마침 뒤따라오던 검은 승용차가 멈춰 섰다. 뒤쪽 운전자가 목을 빼고 쳐다봤다. 조수석에 앉은 여자가 고개를 가로 저었다. 승용차는 곧 후진해서 사라졌다. 더욱 다급해진 그는 액셀을 밟고 또 밟았지만 버스는 여전히 버티기만 할 뿐이었다. 주차장 안은 탱크 굴러가는 소리로 귀가 멍멍할 지경이었다. 잠시 후 종업원이 달려 내려왔다. 그와 그녀는 얼른 고개를 숙였다. 마치 검문에 걸린 음주 운전자의 모습이었다. 종업은 천정과 버스를 면밀하게 보더니 차창을 두드렸다. 그는 겨우 고개를 들었다.

"손님, 어떻게 하실래요?"

"⋯⋯?⋯⋯."

"밀면 될 것 같은데. 아래로 밀까요, 위로 밀까요?"

"⋯⋯?⋯⋯."

"어차피 차 뚜껑은 아작 났고요. 밀고 내려가면 뚜껑 내려 앉아서 다시 올라올 수 있거든요."

그는 송이의 얼굴을 바라보았다. 송이는 기어드는 소리로 대답했다.

"기왕 온 거, 그냥 밀고 내려가요."

잠시 후 청소 아줌마 셋과 사장 인 듯한 50대 남자, 아까 그 종업원, 그리고 송이. 도합 여섯 명의 뒷심과 그의 액셀 밟기로 버스는 마침내 주차장 안으로 밀려 내려왔다. 버스가 마의 삼각지대를 통과하자 도합 5명의 남녀들은 그야말로 바람처럼, 유령처럼, 쏜살같이, 흔적 없이 사라져주었다.

그때 송이는 또 한 번 여관문화의 후천개벽을 경험할 수 있었다. 저들이야말로 여관업의 프로들이다. 손님과의 아주 사소한 에피소드도 만들지 않겠다는 철저한 저 직업정신. 과거 그 책을 만들 때 자신이 그렇게나 주장했던 여관업의 기본기가 이제 이 사회에 제대로 안착이 돼 있었다. 바야흐로 여관업계의 선진화가 이 땅에 강림했다는 것을 체험했다. 한때 이 업종의 개명화를 위해 온몸을 불살랐던 자신이 대견스럽다는 생각마저 들었다. 모든 문명의 발전이란 게 누군가의 효시가 있었고 그것에 의해 세상은 한걸음씩 나아가는 것 아니겠는가. 선구자, 프런티어, 뭐 그건 각설하고…… 어쨌든!

송이와 기린 아저씨는 지하 주차장을 통해 1층으로 올라갔다. 프런트(역시 그랬다. 접수대, 혹은 수부가 아닌 프런트였다.)

215

에 계산을 하고 키를 받았다. 509호였다. 엘리베이터에 올라 탔다. 문이 닫히고 그제야 두 사람은 길게 한 숨을 내 쉬었다. 엘리베이터엔 이렇게 적혀있었다.

'안녕하세요, 저희 업소는 몰카가 없습니다. 명심하세요. 인생은 짧아요.' -'우리 집 모텔' 임직원 일동-

모텔의 이름이 '우리 집'이란다. 오호라, 인생은 짧단다. 게다가 명심까지 하란다. 좋은 말이다. 인생은 짧다. 그 이름 도 보기에 참 좋았다. 우리 집 모텔! 우리 집처럼 편안하게. 고난을 함께 겪고 나서 인지 기린 아저씨는 송이의 손을 자연 스럽게 잡았다. 역경을 딛고 함께 온 사이라서 그런지 손잡는 것 정도는 아무렇지도 않았다. 비록 차 뚜껑은 찌그러졌지만 그녀와 함께 먼 길을 건너왔다는 사실에 그는 명치 아래로 뿌 듯한 게 치밀어 올랐다. 엘리베이터 문이 열리고 붉은 카펫이 깔린 복도가 눈앞에 펼쳐졌다. 그와 그녀는 손을 잡고 호수를 확인하면서 발길을 옮겼다. 509호는 복도 맨 끝 방이었다.

그는 509호의 손잡이를 잡는 순간 잠시 멈칫했다. 이 문을 열고 들어서면 이젠 다시는 돌아 올 수 없는 저 너머의 세계로 들어설 것만 같았다. 비록 아직까지 결혼도 못해봤고 그다지 재산이 있는 것도 아니고, 인물도 빠지는 축이고, 뭐 하나 내 세울 건 없지만, 그래도 딱 하나, 늘 들어왔던 그 소리가 자꾸 마음에 걸렸다.

'배 기사는 법 없이도 살 사람이지. 그렇고말고, 착한 거 빼면 배 기사가 아니지.'

그에게 마지막 남은 자긍심, 착하게 살자! 이제 그걸 벗어 던져야 한다. 이 문을 열고 들어서는 그 순간부터. 150일을 공들여 여기까지 왔다. 처음부터 여기 오려고 공들인 건 물론 아니었다. 아니다, 처음부터 그 맘이 있었을지도 모른다. 하지만 150일이란 시간이 어디 짧은 시간인가?

먼 옛날 웅녀가 곰에서 인간으로 바뀌는 데 걸린 시간은 불과 100일이었다. 그 100일 하고도 50일이 지난 것이다. 바꿔 말하면 곰에서 인간으로 한 번 변하고도 반은 더 왔다 갔다한 시간을 보낸 것이다. 그동안 봄에서 여름, 가을까지 세 번의 계절도 그녀와 함께 했지 않은가. 그만한 시간이면 이제 몸을 나누어도 누구 하나 돌 던질 이 없을 거라고. 누구 하나? 그건 아닌 것 같다. 돌 던질 누구 하나는 있다. 아니 이 사실을 안다면 돌 정도가 아니겠지. 아주 피떡이 되도록 두들겨 패 초죽음을 만들어도 할 말이 없겠지. 그녀는 유부녀가 아닌

가. 그녀의 남편, 영민하고 반듯하고 잘 생기고 유능해 보이는 그 남자의 얼굴이 떠올랐다. 피떡, 초죽음이 문제가 아니라 형사 처벌도 가능한 일이지 않은가. 법 없이도 산다던 교회 부설 유치원 배 기사가 간통으로 구속이라니. 끔찍한 일이다. 509호 손잡이를 잡은 그의 손이 잠시 떨렸다. 그는 자신의 등 뒤에서 다소곳이 고개 숙인 송이를 향해 낮게 물었다.

"저기요?"

"네."

"저기…… 저를 사랑하나요?"

"네."

"진짜, 저를 사랑하나요?"

"인생은 짧다잖아요."

그는 송이의 그 대답에 용기를 얻었다. 그는 손에 힘을 주어 손잡이를 돌렸다. 열려진 방 안은 햇빛으로 환했다. 그는 얼른 창가 쪽으로 달려가 창문을 닫았다. 블라인드도 함께 닫았다. 그제야 방안은 깜깜한 어둠 속에 묻혔다. 방 입구에 서 있던 송이가 말했다.

"불 켤까요?"

"아뇨, 잠깐만요."

"네, 그럼 불 켜지 않고 들어갈게요."

"네. 들어오세요."

빛 한 점 들어오지 않는 칠흑 같은 방이었다. 그는 손을 더듬어 침대에 걸터앉았으며 말했다.

"어디 계세요?"

"저 침대에 앉았어요"

"저도 침대에 앉았는데."

"어디쯤에요."

"여기요."

"아…… 네에……."

"……."

"……."

일순간, 침묵이 흘렀다. 어둠과 고요, 간간히 들려오는 부스럭 거리는 소리만이 방안을 가득 채웠다. 그가 입 안 가득 고인 침을 삼키는 '꿀꺽' 소리가 울려 퍼졌다. 숨소리마저 생생하게 들리는 순간에 '꿀꺽!'이라니, 그야말로 천둥소리가 따로 없었다.

"송이 씨, 거기 계시죠?"

"네에, 아저씨. 저 여기 있어요."

"손 좀 주실래요."

"네에, 손 여기."

"참, 곱다."

"아저씨 손도 참 섬세해요. 예술가 손 같아요."

"송이 씨 미안해요."

"뭐가요?"

"나 참 못 생겼지요?"

"아저씨 매력있어요."

"나이도 많고요."

"10년 밖에 차이 나지 않아요."

"고마워요."

"저도 그래요."

"송이 씨가 뭘 고마워요."

"아저씨 만나고 나서 세상이 새롭게 보여서요."

"세상이 어떤데요?"

"굉장히 순수하게 보여요."

"저도 그래요. 이상해요. 송이 씨 만나고 나서부터 구걸하는 거지한테 만 원짜리도 쓱쓱 넣어주게 돼요. 그러면서 이 돈은 내가 주는 게 아니라 송이 씨가 주는 거다. 나중에 복 받을 일 있으면 송이 씨가 대신 받을 거다. 뭐 그런 생각이 들어요."

"저도 좋은 일 하게 되면 다 아저씨가 한 거라고 생각할게요."

"근데……. 우리 지금 모텔에 있어요."

"알고 있어요."

"저, 사실 그거 하고 싶었어요."

"알아요."

"밤마다 송이 씨랑 그거 하는 게 떠올라서 굉장히 미안했어요."

"안 미안해도 되요!"

"저, 송이 씨 손에 입술 댈게요."

"네에."

"……."

"……."

"송이 씨 미안해요, 손등에 침 묻었죠?"

"아네요, 괜찮아요. 입술이 참 따뜻하네요."

"송이 씨 손등도 참 부드럽네요."

"아저씨 저 좀 가까이 갈게요."

"네에, 저도 갈게요."

"아저씨, 허리에 손 둘러도 되죠?"

"네에, 저어 송이 씨 입술에 저 입술 가도 되죠?"

"네에."

다시 방 안에 침묵이 흘렀다. 한참만에 그가 다시 말을 건넸다.

"아, 송이 씨 더 이상 못 참겠어요."

"저도요."

"저, 옷 벗을게요."

"저도요."

후다닥, 부스럭, 미끄덩, 뜻도 없는 소리들이 떠도는 가운데 그가 다시 말했다.

"송이 씨 거기 계세요?"

"네에, 저 누웠어요."

"저어, 송이 씨. 저, 올라가도 되죠?"

"네에, 올라오세요."

"저어, 올라갈게요."

"네에."

"송이 씨 눈 감으세요."

"뜨고 있어도 어두워서 잘 안 보여요."

"저, 올라 왔어요."

"알아요."

"이게 왜 이렇게 커져버렸는지, 징그럽죠?"

"딱딱한데도 부드럽게 느껴져요."

또 침묵이 흘렀다.

"아저씨, 경험이 많지 않구나."

"미안해요, 잘 찾지 못하겠어요."

"그럼, 제가 해볼게요."

"네에."

적막 속으로 시간은 다시 흘러갔다.

"아 여기구나. 송이 씨, 저 이제 들어갈게요."

"네에, 저도 준비됐어요. 들어오세요."

"네에."

바로 그 순간이었다. 가까스로 길을 찾은 그가 송이를 향해 기웃 목을 들이미는 바로 그 순간, 모텔 창문 바로 아래 확성기에서 터져 나오는 소리가 있었다. 그 소리가 어찌나 요란하든지 어둠 속의 그와 그녀의 귀청이 흔들릴 지경이었다.

"양파가 왔어요, 양파가. 오징어가 왔어요, 오징어. 싸고 싱싱한 오징어가 왔어요. 오늘 저녁 반찬은 오징어 두루치기로 하세요. 바깥일에 고생하시는 남편을 위해, 자라나는 귀여운 자녀들을 위해…… 양파가 왔어요, 양파가. 오징어가 왔어요, 오징어……."

그의 그것이 그녀의 입구에서 딱 멈춰 섰다.

'바깥일에 고생하는 남편, 귀여운 자녀!'가 그의 귓전에서

윙윙 울렸다. 송이 역시 잠시 잊고 지냈던 생활이라는 일상이 갑자기 떠올랐다. 그와 그녀의 요철은 시베리아 한기로 냉각되었다. 어쩌자고 정녕 어쩌자고. 지상 최대의 소심남녀에게 하필 그 순간에 떠돌이 반찬장수가 등장한단 말인가. 땅을 칠 노릇이었다. 통곡의 벽을 향해 울부짖을 일이었다. 하늘이 원망스러웠다. 오호, 저놈의 반찬장수, 1절만 하고 갈 일이지 끈덕지기도 하다. 도대체 생각이 있는 인간인가? 주택가도 아닌 모텔촌에서 무슨 반찬을 팔겠다고. 반찬장수의 외침은 더욱더 고조되었다.

"간고등어도 있어요. 짭짤한 안동 간고등어. 두 손에 5천 원. 감자 있어요, 감자. 1킬로에 2천 원…… 간고등어가 왔어요. 짭짤한 안동 간고등어. 풋고추도 있어요. 싱싱한 풋고추……."

반찬장수의 소리가 점점 높아지자 이내 창문들이 거칠게 열리는 소리가 났다. 반찬장수를 향해 욕을 퍼붓는 사내들의 목소리가 뒤따랐다.

"야, 이 미친놈아! 다른 데 가서 팔아!"

"여기가 시장이냐? 야아아……."

항의 욕설에 확성기의 소리는 뚝 멈췄다. 트럭이 시동을 거는 소리가 났다. 트럭은 점점 멀어져 가면서 다시 외쳤다.

"오징어가 왔어요……. 싱싱한…… 오징어……. 고……
추……가……."

한참만에야 확성기의 소리는 완전히 잦아들었다.

두 사람은 몸을 일으켜 침대 위에 앉았다. 그는 손을 더듬
어 스탠드를 켰다. 방이 환해자 두 사람은 침대 위에서 웅크
리고 앉아 서로를 바라봤다. 그의 얼굴은 슬픔으로 가득 차
있었다. 송이는 그런 그의 얼굴을 쓰다듬어 주었다.

"주님이 다녀가셨나? 시험에 빠진 제게 벌을 주시려고, 경
고하러 오신 것 같아요."

"차~암, 아저씨도."

"송이 씨, 우리 지금 불륜 하고 있는 거죠?"

"아저씨."

"……."

"아저씨, 세상에 불륜은 없어요. 사랑만 있을 뿐이에요."

"……."

"……."

"송이 씨랑 그거 하고 싶은 거 참을 수가 없어요."

"……."

"다시 한 번 기회를 주실래요."

"네에."

"불 끌게요."

"네에."

딸깍! 스탠드 불빛이 닫히고 방 안은 다시 암전되었다. 송이의 몸속으로 그는 스며들었다. 그는 자신의 몸이 물이 된 것 같았다. 송이라는 스펀지 속으로 물이 되어 스르르 빨려 들어갔다. 어둠 속인데도 그의 머릿속은 온통 하얀 것들로 붕붕 떠 다녔다. 빛과 어둠은 하나로 뒤엉켰다. 그녀에게서 전해지는 감촉으로 녹아내릴 것 같았다. 숨이 막히고 뒷골이 띵해졌다. 세포 구석구석은 전기 고문을 당하듯 찌릿찌릿 거렸다. 심장이 뛰고 있는 소리가 들렸다. 깊고도 부드러운 그녀의 안, 그곳이 바로 천국이었다. 아, 천국 여행이라. 단 한 번의 여행으로 죽어도 좋을 것 같았다. 그러다가 마침내 자신의 몸 아래에서 썰물처럼 빠져나가는 무엇인가가 느껴졌다. 45년 간 몸 안에 숨겨두었던 모든 욕망이 단 한 번에 밀려 내려가고 있었다. 나른하고 몽롱함이 몰려왔다. 세상은 충만해졌다. 좋았다. 기뻤다. 행복했다. 너무나, 너무나 행복했다. 행복감을 주체할 수가 없었다. 그는 자신도 모르게 훌쩍거렸다. 훌쩍이는 소리에 놀란 송이가 얼른 스탠드 불을 켰다. 누워있는 그의 볼을 타고 두 줄기 눈물이 흘러내리고 있었다. 놀란 송이가 당황해 물었다.

"어디 아프세요?"

"너무…… 너무…… 행복……해서 눈물이 나요."

홀쩍이던 소리가 흑흑 흐느끼는 소리로 갑자기 바뀌기 시작했다.

자신 때문에 너무나 행복해 흐느끼고 있는 남자가 있다. 송이도 감동의 물결로 출렁거렸다. 송이는 그가 너무나 사랑스러워 몸을 일으켜 앉혔다. 볼을 타고 흘러내리는 눈물을 자신의 입술로 핥아 닦아주었다. 그는 더욱 감동을 받아 이제는 엉엉 소리 내어 울기 시작하였다. 송이는 그때 알았다. 자신에게 딱 맞는 맞춤형 사랑, 맞춤형 사람이 바로 이 사람이라는 사실을……. 반쯤은 청순한 배철수에, 나머지 반은 순수한 기린 한 마리. 가슴 안쪽에 자신도 모르게 열망해왔던 남자. 바로 그 남자가 자신 앞에서 울고 있다. 짝퉁이면 어떤가. 그리고 언제나 그랬듯이 그녀는 그에게 감염이 되었다. 급기야 송이도 그를 안고서 소리 내어 울었다. 마침내 우리 집 모텔 509호는 통곡의 벽이 되었다.

삐라인가? 어스름녘 저녁 하늘에 펄럭이며 날아다니는 게 있었다. 아파트 입구로 들어서던 철민은 하늘을 올려다보다가 갸웃했다. 하얀 와이셔츠가 공기를 안고 낙하산처럼 내려오고 있었다. 이어 꽃무늬 양말들도 날리고 있었다. 화단의 단풍나무엔 이미 낙하한 옷가지들이 두어 개 걸려있었다. 흥미로운 풍경이다 싶었다. 철민은 걸음을 멈추고 팔짱을 낀 채 옷가지들이 날리고 있는 풍경을 바라봤다. 어느 집에선가 부부싸움을 하고 있나? 물건을 내다 던지는 중인 것 같은데 어째서 하나같이 옷가지들일까? 호기심이 생긴 철민은 단풍나무에 걸린 남자 팬티를 걷었다. 숫자 무늬가 알알이 박힌 트렁크 팬티였다. 익숙한 무늬다. 익숙한 게 아니라 많이 본 팬티다. 숫자무늬라면 자신이 10여 년 동안 줄 곧 입어온 그 디자인이 아닌가. 단풍나무 아래 버려진 꽃무늬 양말이 보였다. 딸 아이들이 즐겨 신던 양말들이다. 다시 하늘을 올려다보았다. 여자 속옷 하나가 나풀나풀 거리며 하강하고 있었다. 땅에 떨어지기 전에 얼른 받아서 들여다보았다. 핑크빛이었다. 처음 보는 것이다. 아내의 속옷을 본지가 얼마나 되었던가. 철민은 이제 기억도 나지 않았다. 처음 보는 여자 속옷이지만 아내의 것이 틀림없었다. 순간 불길한 예감이 휘몰아쳤다. 그는 화단에 떨어진 옷가지들을 주섬주섬 챙겨 들고 집을 향해 달렸다.

세탁실에 빨랫감을 안고 서 있는 송이는 몇 시간 전의 그 전율을 떨칠 수 없었다. 서로 부여안고 울었던 모습을 떠올리자 가슴속이 벅차올랐다. 기린 아저씨와 헤어지고 집으로 돌아와서는 일상에 복귀하려고 애를 썼지만 쉽지 않았다. 파출부 아줌마가 미리 저녁 준비를 해 뒀기에 할 일도 딱히 없었다. 아이들은 이모를 따라 외출하고 난 뒤였다. 장롱을 열고 멀쩡한 옷가지들을 꺼내어 세탁기에 집어넣었다. 몸을 움직여야 했다. 가만히 있으면 들뜬 마음이 몸을 공중으로 밀어 올릴 것만 같았다. 이럴 때 정신을 놓치면 공중부양이 될 수도 있을 거라는 생각이 들었다. 그녀는 세탁기에 빨래를 하나씩 던져 넣었다. 그러나 빨래는 세탁기가 아닌 창문 밖으로 떨어지고 있었다. 빨래들이 세탁기가 아닌 창밖으로 날아가고 있었지만 그녀는 전혀 느끼지 못했다. 기린 아저씨의 순진무구한 표정만이 보였다. 그때 와당탕 거리며 요란한 소리가 났다. 송이는 넋 나간 표정으로 고개를 쓰윽 돌렸다. 철민이 뛰어 들어오고 있었다. 빨랫감을 가득 안고 들어온다. 이상하다. 저걸 왜 저 남자가 안고 들어올까. 세탁기 안에 있어야 할 빨래들을 왜 저 남자가 안고 들어오는 걸까?

송이는 고개를 갸웃했다. 철민 역시 갸웃했다. 송이는 철민을 향해 빙긋 웃었다. 철민도 어색하게 피식 웃었다. 그러나 송이의 그 웃음은 철민을 향한 것이 아니었다. 그저 허공을 향해 웃었을 뿐이다. 송이는 철민 곁을 지나 안방으로 들어갔다. 마치 철민을 보지 못한 것 같은 표정이다. 철민이 안방으로 따라 들어갔다. 송이는 침대 위에서 이불을 뒤집어쓰고 누웠다. 철민은 이불을 조용히 걷었다. 그리고 그녀의 이마에 손을 짚어 보았다.

"효림 엄마, 어디 아픈 거야?"

송이는 대답대신 철민의 손을 홱 뿌리치고 다시 이불을 뒤집어썼다.

"효림 엄마, 왜 그래? 응, 남편이라는 사람이 보름 만에 들어왔는데 너무 한 거 아냐?"

이불 안쪽에선 대답이 없었다.

"야, 어이! 효림 에미! 어이, 아줌마! 아줌마! 내가 집에 잘 안 온다고 삐진 거야? 내가 무슨 바람이라도 나서 이러는 거 아니잖아. 알다시피 글 쓰는 직업이란 게 그렇잖아. 생활의 때를 묻히고서야 무슨 글을 쓰겠어. 이해하라고, 응?"

이불 안쪽은 여전히 미동도 없다.

"아주 막 나가자는 거네. 아줌마, 어이, 효림 에미, 어이!"

"……."

"지금 쑈 하는 거지? 응?"

"……."

"나 이번에 동해안에 작업실 새로 구했어, 바다 보면서 확실하게 대박 한 건 터뜨려서 올라올게, 응? 괜찮지?"

이불이 걷혀지고 송이는 몸을 부스스 일으켰다.

"이봐요, 작가 선생님! 최근에 혹시 착한 일 한적 있어요?"

"……."

"그리고 그 착한 일 하고 복은 내가 대신 받으라고 빌어본 적 있어요?

"……."

"혹시 지하철 같은데서 적선한적 있어요?"

"내가 지하철 탈 일이 어딨냐?"

"여하튼 적선한 적 있냐고요?"

"이 아줌 씨가 왜 이래 촌스럽게."

"이봐요, 작가 선생님! 나 졸려요. 그러니 서재로 건너가 주실래요?"

"어디 아프니?"

"아니……. 안 아파! 행복해!"

"……?"

송이는 허공을 향해 배시시 웃더니 다시 이불 안으로 쓰윽 들어가 누워버렸다.

대자뷰

스크린에서는 지역 광고가 흘러나오고 있었다. 해변 레스토랑, 강릉 경포대의 정취가 묻어 있는 레스토랑이란다. 선영은 객석의 가장 뒷자리에 앉아 있었다. 스크린에 그려지는 레스토랑의 약도를 기억해두었다. 철민과 함께 가면 좋겠다는 생각이 들었다. 이른 아침 첫 회 시간이라 극장 안은 딱 두 사람 뿐이었다. 가장 뒷자리의 선영과 중간 쯤 자리의 남자 관객. 레스토랑 광고에서 경포대 호텔 광고로 넘어갈 즈음에 출입문이 기웃 열렸다. 선영에게로 다가오는 발소리가 있었다. 발소리는 선영의 옆자리로 말없이 다가와 앉았다. 철민이었다. 인사말보다 손이 먼저 뻗어왔다. 그 손은 선영의 가슴 쪽을 파고들었다. 철민의 손놀림은 매우 능숙했다. 선영은 그 손을 이빨로 가볍게 물었다. 철민은 낮게 비명을 지르며 선영의 입술을 덮쳤다. 얼굴엔 차가운 겨울바람이 싸아하게 묻어 있었다. 묻혀온 겨울바람은 느낌 좋은 화장품 같았다. 키스를 나누다가 철민이 얼굴을 떼면서 말했다.

"자꾸 걸리잖아, 선글라스 좀 벗어라."

선영은 선글라스를 머리위로 올리고 몸을 옆으로 돌렸다. 두 사람은 깊고도 긴 키스를 나누었다. 스크린은 예고편을 보여주고 있었다. 선영은 자신의 외투 단추를 빠르게 풀어헤쳤다. 철민의 얼굴은 선영의 외투 안쪽으로 쓸려들어갔다. 선영은 이빨을 앙다물고 있다가 예고편의 강한 이펙트가 터질 때를 맞춰 신음을 한꺼번에 쏟아냈다. 커플석이 아닌 의자라 두 사람의 자세는 상당히 불편하였다. 허리 아래쪽이 의자에 걸리고 걸린 의자는 삐걱거렸다. 철민의 손이 선영의 치마 아래로 내려갔을 때 인기척이 들려왔다. 그와 그녀는 딱 굳어지면서 멈추었다. 소리가 나는 쪽을 올려다보니 바로 위에서 나이를 알 수 없는 남자가 내려다보고 있었다. 중간 자리쯤 앉아 있던 그 남자였다.

"거어 영화 좀 봅시다."

그와 그녀는 서로 몸을 풀고 얌전하게 고개를 숙였다.

"알 만한 사람들이 왜 그러슈. 여기가 무슨 모텔이유? 응?"

반말이 섞여 나왔다.

"……."

"어디 얼굴이나 좀 보자, 응?"

이젠 완전 반말이었다. 걸렁거리는 남자의 목소리에 철민의 주먹이 꿈틀거렸다. 선영은 철민의 손을 꽉 잡았다. 참으라는 뜻이다.

"씨발! 아침부터 문화생활 좀 할라는 데 영 개판이구먼."

그래, 아침이다. 이른 아침이다 보니 극장 앞 주차장엔 단 두 대의 차만 서 있다. 랜드로버 지프와 SM5. 두 대의 차는 십 여 미터 사이를 두고 휴대폰으로 교신을 하고 있다. 선글라스를 걸친 선영이 랜드로버의 운전석에 앉아 건너편 운전석에 앉은 철민을 노려보며 말했다.

"아우, 내가 미쳐 미쳐. 이게 무슨 개망신이야. 아까 그 남자 내 얼굴 못 봤겠지?"

"그야 알 수 없지."

"뭐야? 그럼 내 얼굴이라도 확인했으면 좋겠다는 거야? 왜 하필 이런 데로 불러내서 우스운 꼴 만들어."

"그럼 어떡해, 강릉시낸 자기 남편 지역구라서 호텔도 안 된다, 모텔도 안 된다. 그럼 나무 꼭대기서 만날까?"

"그러니까 자기 작업실에서 보면 되잖아."

"작업실에선 그게 안 되는걸 어떡하냐."

"다음 주 서울 세미나 있다는 거 몰라? 그 사이를 못 참아?"

"나 서울 싫어."

"임철민, 넌 하나도 달라진 게 없다. 대학 때나 지금이나 똑같아."

"내가 뭘."

"어린애 짓 말야."

"넌 어떻고, 나이도 같으면서 누나 행세나 하려들고, 제 멋대로고, 겉멋에…… 극장 안에서 선글라스 걸치고 있는 여자는 세상에 너밖에 없을 거야."

"내가 왜 어두운 극장에서도 색안경을 써야 하니, 응? 내 입장 생각해봤니? 응?"

"니가 무슨 연예인이니? 깜깜한데서 누가 니 얼굴 알아보게."

"내가 너 만나려고 얼마나 큰 희생과 불안을 감수하는지 아니? 응?"

"알았습니다, 의원 사모님. 아니 유선영 교수님!"

"나 간다. 두 번 다시 전화 하지 마."

선영은 휴대폰을 닫고는 거칠게 차를 출발시켰다. 철민의 차도 함께 출발했다. 철민의 차가 선영을 추월하면서 급정지

했다. 선영의 차도 끼익 멈춰 섰다. 이번엔 선영의 차가 철민을 앞질러 내달렸다. 철민은 선영을 뒤쫓았다. 두 대의 차는 앞지르고 뒤처지고 엎치락뒤치락 하면 강릉 시내를 벗어나 해변도로를 달렸다. 철민이 다시 전화를 걸었다.

"가신다며? 바닷가로는 왜 나오셔?"

"남이야."

"우리가 남이야?"

"농담할 기분 아냐, 빨리 꺼져."

"못 꺼져."

"빨리 꺼져."

"선영아, 사랑해."

선영은 전화를 닫았다. 다시 벨이 울렸다. 선영은 벨소리를 무시하고 속도를 더 높였다. 끊겼던 벨 소리가 다시 울렸다. 집요한 울림이었다. 선영이 다시 받았다.

"선영아, 사랑해."

"간지러운 소리 마."

"선영아, 사랑해."

"넌 내 30대의 재앙이야."

"선영아, 사랑해."

"못 말려, 정말."

"선영아, 사랑해."

"지겨운 인간."

"선영아, 사랑해."

"나 참, 쥐어박고 싶어."

"차 세울게, 쥐어박아줘."

바닷가 언덕 위. 해물탕 식당 주차장에 철민의 차가 멈춰 섰다. 뒤 이어 선영의 랜드로버도 따라 들어 섰다. 철민은 차에서 내려 랜드로버의 조수석으로 옮겨 탔다. 철민은 선영의 손을 잡아 자신의 양쪽 뺨을 때렸다.

"어때, 화가 풀려?"

"키스해줘."

두 사람은 극장에서 못다 나눈 키스를 서로에게 퍼부었다. 걸신들린 아귀처럼 서로의 입술과 혀와 뺨을 물어뜯었다. 선영은 키스를 나누다가 양손으로 철민의 머리를 잡고는 바라보았다. 선영과 시선이 만난 철민이 물었다.

"왜?"

"너 누구니?"

"나? 나도 몰라."

"어이가 없네. 내가 지금 여기서 왜 이러지? 오전에 종강

수업 있는데."

"땡땡이 치자."

"그래서?"

"하러 가자."

선영은 담배를 빼어 물고 바다 쪽으로 고개를 돌렸다. 침묵이 흘렀다. 잠시 후 철민이 침묵을 흔들었다.

"또르르르르."

"뭔 소리야?"

"선영이 머리 굴리는 소리."

"이 지역은 너무 좁아. 갈 데가 없어."

"찾아보면 있을 거야."

"앞장서 안내해봐."

"오케이!"

철민이 차로 돌아가 출발하자, 그 뒤를 선영의 랜드로버가 뒤따랐다.

철민은 다시 전화를 걸었다.

"우리 아예 울진까지 내려갈까?"

"안 돼. 오전 수업은 포기했지만 오후 일정은 살려야 해."

"저기 모텔촌 있네. 저기 들어갈게, 따라와."

"알았어……어? 가만, 그냥 통과해."

"왜?"

"작년 선거 때 남편이랑 유세 온 곳이야."

"힘들다, 힘들어."

그와 그녀는 바닷가 모텔촌을 통과해 10여 분을 더 달렸다. 해변도로엔 팻말이 서 있었다.

〈아리아모텔 전방 1Km〉

"선영아, 아리아모텔 어때?"

"거기로 가."

잠시 후 다시 팻말이 보였다. 〈아리아 모텔 전방 500m〉 해변도로의 언덕의 허리를 돌아섰다. 돌아선 그곳엔 우뚝 솟은 성과 같은 모텔이 서 있었다. 아리아모텔이었다. 철민의 차가 주차장으로 들어섰다. 그러나 선영의 차는 도로변에서 멈칫거렸다.

"왜 들어오지 않아?"

"아직 정오도 되지 않았는데, 오전부터 모텔은 좀 그렇다."

"어쩌라고?"

"우리 좀만 더 내려가다가 12시나 넘기고 들어가자."

철민의 차가 주차장을 빠져나와 다시 해변도로를 달렸다. 선영의 랜드로버도 뒤따랐다.

그와 그녀는 한 손으로 휴대폰을 귀에 대고 있으면서도 말이 없었다. 한참 만에 선영이 물었다.

"화난거야?"

"아니."

"그럼 왜 말이 없어?"

"옛날 일 생각나서."

"어떤 옛날?"

"데자뷰."

"누구랑 여기 온 적 있어?"

"아니. 옛날에 여관 찾아 헤매던 남녀가 있었거든."

"어떤 남녀인데?"

"우.아.남.녀!"

"우아남녀라…… 너 얘긴 아니구나."

"응 내 얘긴 아니야."

"근데 목소리는 왜 잠겨?"

"그랬나?"

"응, 그랬어. 어울리지 않게."

"나도 순진한 시절이 있었는데."

"지금도 제법 순진해."

"재앙이라면서."

"화나면 무슨 말을 못해."

이때 라디오에서 '빠아빱빠빱빠 빠바바……' 하는 시그널 뮤직과 함께 경쾌한 남녀의 음성이 흘러나왔다. '강석, 김혜영의 싱글벙글 쇼오~~오!'

"선영아. 싱글벙글 쇼 한다, 12시 넘었다."

"그래 지금부터 가장 먼저 보이는 모텔로 무조건 들어가자."

"다른 토 달기 없기다."

"알았어. 이젠 가자는 대로 갈게."

"선영아 잠깐, 백미러 좀 봐봐."

"뭘? 아무것도 안 보이는데."

"저기 저 뒤에 나무 판대기."

"나무 판대기? 해변 민박?"

"응, 해변 민박. 저기 갈까?"

"차 돌려?"

"응 돌려!"

철민은 민박집 마당으로 들어가 주인을 불렀다. 선영은 문밖에서 주춤거리며 서 있었다. 선영은 목에 두른 머플러를 볼언저리까지 올리고 눈은 선글라스로 가렸다. 불안한 시선은 주변을 연신 살폈다. 잠시 뒤 방안에서 할머니가 나오고 철민은 손짓으로 선영을 불렀다. 선영은 쭈뼛거리며 마당으로 들어섰다. 할머니는 그와 그녀를 보고는 한 눈에 척 상황을 알아봐주었다.

"불 드는 방이 손주놈 쓰는 방뿐인디 괜찮을라나?"

할머니는 대답도 기다리지 않고 툇마루 구석방으로 들어갔다. 긴 말이 필요 없다. 고마운 일이다. 선영과 철민은 신발을 벗고 툇마루에 올라섰다. 철민은 구석방으로 들어갔다. 선영도 뒤따라 들어가다가 다시 마루 끝으로 되돌아 왔다. 선영은 마루 끝으로 몸을 숙였다. 벗어놓은 그와 그녀의 구두 두 켤레가 겨울 햇살 아래서 정답게 반짝였다. 선영은 자신의 구두를 집어서 마루 안쪽으로 밀어 넣고는 방 쪽으로 갔다.

구석방인데도 바다 쪽으로 창이 있어 햇살이 가득했다. 선영이 방으로 들어서자 초등학생 남자아이와 시선이 마주쳤다. 아이는 선영에게 눈길을 떼지 않았다. 할머니가 눈짓을 주자 아이는 책과 공책을 챙겨 나갔다. 아이를 따라 할머니도 나가자 문이 닫혔다. 두 사람은 와락 안았다. 서로의 입술을 부비면서 선영의 몸은 벽 쪽으로 밀렸다. 벽 쪽으로 밀린 선영은 철민의 허리를 휘어잡았다. 허리가 잡힌 철민은 선영과 위치가 바뀌었다. 두 사람은 벽을 타고 주르르 내려앉았다. 쌓아놓은 이불더미가 그와 그녀의 몸을 덮쳤다. 그와 그녀는 몸을 떼지 않은 채 대충 이불을 펼쳤다. 그와 그녀는 반쯤만 벗은 채 서로의 몸속으로 급하게 들어갔다. 거친 숨소리의 고비를 서너 번 넘고서야 두 사람은 서로의 몸에서 떨어졌다. 싱거운 1라운드가 끝났다.

그와 그녀는 급한 갈증을 풀고 나서야 제대로 이불을 펼치고 옷을 벗었다. 겨울의 바닷바람이 방안에도 맴돌았다. 발가벗은 그와 그녀는 이불에서 목만 빼고 천정을 바라봤다. 철컥, 꽈르릉거리는 소리가 들렸다. 창문 밖 보일러실에서 구형 보일러가 끓어오르는 소리였다. 선영이 미간을 찌푸리며 말했다.

"추워."

"보일러 돌아가니까, 곧 따뜻해질 거야."

"나 담뱃불 좀 붙여줘."

철민은 담뱃불을 붙여 선영의 입에 물려주었다. 선영은 입술에 문 담배를 길게 빨아들였다.

"추워서 팔 빼기 싫어. 재 좀 털어 줄래?"

철민은 선영의 입에 물린 담배를 빼면서 투덜거렸다.

"너도 변한 게 하나도 없다."

"물론이지, 나이 먹는다고 변한다는 것만큼 큰 착각도 없지."

"우리 마누라는 내가 많이 변했다고 하던데."

"니 마누라랑 연애할 때 들 뜬 감정에 잠시 딴 모습이었을 뿐일 거야."

"선영아 한 가지 물어볼게."

"열개라도 물어봐."

"작년에 다시 만났을 때 내가 어디가 좋았어?"

"난 니가 아니었어도 누군가가 필요했어."

철민의 얼굴은 실망감으로 싸늘해졌다. 철민은 동정어린 눈빛으로 다시 물었다.

"그것 뿐이야?"

"누나라 부르지 않고 이름 불러줘서 느낌이 달랐어."

"또."

"니 와이프 얘기를 좋게 해서 그것도 호감 갔어."

"그게 이유가 되니?"

"왜 남자들 그렇잖아, 바람피울 때 부부관계가 최악인 척 엄살 떨면서 명분 만들잖아. 넌 그런 잔머리 굴리지 않은 것 같아서."

"그게 더 교활한 건데."

"하긴, 글쟁이니까. 참 너 우리 얘기 글로 쓰지 마."

"걱정 마, 난 돈 안 되는 소설 따윈 쓰지 않아."

"그래, 그건 안심이다."

"선영아, 방이 좀 따뜻해지네."

선영은 손바닥으로 방바닥을 훑으면서 말했다.

"방 더워지면 빨리 한 번 더 해."

"뭐가 그렇게 급해."

"3시까진 학교에 돌아가야 해."

그때 방밖에서 할머니의 헛기침 소리가 들렸다. 철민은 옷을 대충 걸치고 문을 열었다. 할머니는 보이지 않고 쟁반에 소주 2병과 생선회가 놓여 있었다. 철민은 쟁반을 들고 들어왔다. 선영은 화들짝 놀랐다.

"뭐야?"

"술 한 잔 마시려고."

"나 3시까지 가야한다니까."

"너무 빡빡하게 그러지 말자."

"너야말로 제발 좀 흐물거리지 마."

철민은 발가벗고 앉아 소주를 한 잔 마시면서 말했다.

"좀 일어나 봐. 마시진 않더라도 함께 앉아 있을 순 있잖아."

"추워서 싫어."

"방 따뜻해졌어."

선영은 이불 밖으로 팔을 휘저어 보더니 철민 앞으로 나와 앉았다.

술 쟁반을 두고 발가벗은 남녀가 웅크리고 앉았다. 철민은 선영에게 소주를 따라주었다.

"혼자 마셔. 난 음주운전 싫어."

철민은 선영의 잔을 자신의 입으로 가져갔다. 선영은 방안을 두리번거리다가 책상 위의 탁상거울에 시선이 갔다. 그녀는 탁상거울을 가지고 와서 철민 앞에 쪼그려 앉았다. 그리고 탁상거울로 자신의 아래쪽을 비쳐보았다.

"뭐, 뭐하는 거니?"

"푸훗, 가끔 이렇게 내 안쪽을 볼 때가 있어. 천장에 거울 달린 방에 들어갔을 때 처음엔 참 이상했는데, 문득 눈을 떠서 보면 천장에 내 모습이 보이는 거야. 내 모습이 굉장히 객관화 되더라. 누군가가 저걸 하고 있구나. 내가 할 때의 모습이 저런 거구나. 저급한 취향에서 출발했든 어쨌든 간에 내가 내 모습을 지켜볼 수 있다는 게 나쁘진 않아."

"니 남편한테도 그걸 보여주니?"

"아니, 남편은 가족이잖아."

"그렇지, 나도 그래. 예전에 마누라랑 연애할 땐 할 말 못할 말 다 했는데……. 우린 역할놀이까지 했거든. 그런데 그 여자가 내 아이들의 엄마가 되고 난 뒤부터는 그런 게 굉장히 쑥스러워지더라."

"몸의 문제로 보자면 가족만큼 먼 거리가 어디 있을까. 넌 아내랑 한 달에 몇 번 하니?"

"너무 오래 전이라 기억도 나지 않아."

"불공정 거래구나."

철민은 다시 소주를 한 잔 마시면서 물었다.

"넌?"

"최소한의 도리는 지켜."

"명백한 상거래네."

"반쯤은 인정해."

"나머지 반은?"

"정 같은 거, 그런 게 완전히 없다고는 할 순 없겠지."

"선영아, 한 잔 마셔라."

"음주운전 싫다니까, 그러네."

"우리 만나서 느긋하게 있어본 적이 한 번도 없었어. 술도 좀 마시고, 취해서 헤롱거리기도 하고, 실컷 잠도 자고, 그래

봤음 좋겠다."

"임철민, 요즘 바라는 게 부쩍 많아졌다."

"그게 나쁜 거니?"

"애인 역할 해달라고 하다가, 좀 지나면 부부 행세 하려 들고, 소유할 맘이 생기고, 의무감을 서로에게 지우고, 매너리즘에 빠지고……. 지겨워, 지겨워, 그렇담 그 지겨운 결혼이랑 뭐가 다르겠니. 그런 조짐이 보이면 우리 헤어지자, 알았지?"

"나아 참, 우리가 무슨 짐승이야. 만나고 섹스하고 후다닥 옷 입고 지 갈길 가고."

"임철민! 너 말이면 다니?"

"그렇잖아. 넌 사랑이 뭔지나 아니?"

"그만해 제발, 너 좋아질라 하다가도 사랑 타령 나오면 소름이 끼쳐."

"소름? 그럼 넌 사랑하지도 않으면서 나랑 만나서 이거 하니?"

철민은 소주를 한 잔 입에 털어 넣었다.

"누가 사랑하지 않는데? 제발 좀 넌적거리지 마. 그리고 음주운전 하지 마."

"선영아, 한잔 마셔."

"싫다는데, 왜 그래."

"한 잔만 마셔라."

"싫어, 너나 많이 마셔."

"나 오늘 여기서 자고 잘 거야."

"얼씨구? 점점."

"선영아, 사랑해."

"사랑? 그래서 어쩔 건데, 결혼이라도 할 거야? 나 이혼할 것 같니? 너 이혼하고 나랑 살거니? 응? 대답해봐. 응?"

"응, 그럴 거야."

"뭘?"

"너랑 살고 싶어."

"이혼하고 와서 얘기 해."

철민은 소주 한 잔을 다시 입에 털어 넣었다. 그리고 천천히 입을 열었다.

"나 사실은 이혼 했어."

"What?"

"나 이혼했다니까."

"언제?"

"너 만나고 한 달 뒤에."

"리얼리?"

"리얼리!"

"오 마이 갓! 왜?"

"널 사랑하니까."

"말도 안 돼. 진짜 이유가 뭐야?"

"마누라한테 남자가 생겼어. 지상 최대의 미스터리."

"니 아내라고 남자 생기지 말란 법 있니?"

"그게 아니라 그 남자가 미스터리야. 늙고 삐쩍 말랐고 흉물스럽게 생긴 유치원 버스 기사야. 그 자식 꼴을 보고 난 뒤 너무 자존심이 상해서 죽을 맛이었어."

철민은 다시 소주 한 잔을 털어 넣었다.

선영은 허탈한 표정으로 말했다.

"그럼 뭐야, 나만 불륜이네."

철민은 생선회를 집다가 손이 문득 멈췄다. 그리고 선영을 바라보았다.

"너 참 대단하다. 지금 그런 말이 나오니?"

"어쩐지 바람이 많다 싶더니."

선영은 방바닥에 흩어진 옷들을 챙겨 입기 시작하였다.

"너 뭐하는 거니?"

"가야 해."

"왜 갑자기 가야해?"

"오후에 일 있다고 했잖아."

"소주 한 잔만 마셔."

"너 정말 왜 이러니, 싫다고 했잖아."

철민은 옷을 입고 있는 선영의 팔을 잡았다. 선영은 철민의 팔을 뿌리쳤다. 철민은 휘청이다가 쟁반 위로 넘어졌다.

술병과 회 접시가 뒤집혔다. 철민은 소리를 버럭 질렀다.

"야아!"

선영은 옷을 걸치고 방을 나가려 하고 철민은 그녀의 허리를 잡았다.

"가지 마."

"나중에 봐."

"가지 말라고, 제발 소주 한 잔만 마시란 말야."

철민은 소리를 치면서 선영을 당기는데 이번엔 선영이 벽쪽으로 밀렸다. 밀린 선영의 등 뒤로 토담 벽에서 흙 떨어지는 소리가 푸스스거렸다. 선영은 다시 몸을 일으켜 나가려 하고 철민은 그녀의 발을 걸었다. 선영은 앞으로 넘어졌다. 넘어진 선영은 천천히 고개를 돌려 철민을 노려보았다. 철민은 씩씩거렸다.

"왜 그러는 거야. 갑자기, 왜에? 소주 한 잔 마시라는데, 왜에? 대체 나한테 왜 이러는 거야? 왜에? 왜에?"

"넌 내 인생의 재앙이야!"

철민의 볼이 푸르르 떨렸다. 철민의 손이 저도 모르게 선영을 강타했다. 선영은 뒤로 벌렁 나자빠졌다, 싶었는데 오뚝이처럼 벌떡 일어났다. 당황한 것은 오히려 철민이었다. 그러나 이미 엎질러진 물이었다. 선영은 무표정하게 철민을 바라보았고 철민은 시선을 돌렸다. 선영은 주머니에서 핸드폰을 꺼냈다. 단축키를 눌렀다. 철민의 번호가 떴다. 삭제 키를 눌렀다. 그리고 핸드폰을 닫았다. 그 사이 발가벗은 채 서 있던 철민은 시선을 어디에 둬야 할지 몰라 허둥거렸다. 선영은 핸드폰을 철민에게 날렸다. 철민은 고개를 살짝 돌렸고 핸드폰은 벽에 가서 부딪히고는 방바닥에 떨어졌다. 선영은 의자를 들어 핸드폰을 내리 찍었다. 한 번 두 번 세 번⋯⋯. 마침내 핸드폰은 박살이 났다. 선영은 의자를 내려놓고 선글라스를 걸쳤다.

"전화번호 새로 받을 거야. 다신 전화하지 마."

선영은 머플러를 입술까지 말아 올리고 방을 나갔다. 방문 닫히는 소리가 '탁' 하고 들렸다. 그녀의 걸음 소리가 또각거리며 멀어져 갔다. 랜드로버 지프의 묵직한 시동소리가 꺄르르릉거리더니 완전히 사라졌다.

햇살 가득한 방안인데도 철민은 한 점 빛 없는 어둠 속에 빠진 것 같았다. 철민은 병에 남은 소주를 벌컥벌컥 마셨다. 철민은 아까 선영이 만졌던 탁상거울을 잡아 자신을 들여다봤다. 책상 아래 박살난 핸드폰을 주워 모아 휴지통에 쓸어넣었다. 무너진 이불 더미를 제대로 개켜 쌓았다. 흐트러진 이불은 반듯하게 폈다. 뒤집혀진 생선회와 소주병은 쟁반에 담아 문밖으로 내놓았다. 그리고 이불 안으로 들어가 똑바로 누웠다. 소주 두 병을 다 마셨는데도 눈알은 말똥거렸다. 가만히 천장을 바라봤다. 마름모의 천장 무늬가 보였다. 문득, 팔방 놀이하던 어린 아이들의 풍경이 천장으로 흩어져 갔다. 팔방놀이가 없어진 요즘 아이들은 뭘 하고 놀까 싶었다. 생각은 팔방놀이에서 우리 집 놀이로 건너갔다.

'우리 집에 왜 왔니 왜 왔니 왜 왔니. 꽃 찾으러 왔단다 왔단다 왔단다. 무슨 꽃을 찾으로 왔느냐 왔느냐 왔느냐. 빨간 꽃을 찾으러 왔단다 왔단다 왔단다. 가위 바위 보오! 가위 바위 보오! 보오 보오보오~.'

스르르 두 눈이 잠겼다.

눈을 뜨니 밤이었다. 햇살을 가득 비추던 창은 밤바다를 보여주었다. 그는 몸을 일으켜 세워 창밖을 내다보았다. 직사각형의 창틀 너머로 오징어 배 집어등이 멀리서 번쩍거렸다.

그곳엔 또 하나의 불빛이 있었다. 시네마스코프의 프레임이었다. 신촌에서의 밤 풍경이 떠올랐다. 철민은 휴대폰을 눌러 보았다. 신호음이 길게 이어졌다. 받을 리가 없었다. 그 전화기는 이미 박살이 나 있지 않은가. 철민은 또 다른 단축키를 눌렀다. 4번의 신호음이 가고 묵직한 남자의 음성이 들렸다.

"네에, 오송이 씨 핸드폰입니다."

철민은 아차 싶었다. 그리고는 잠시 망설였다. 저쪽에서 다시 음성이 들려왔다.

"여보세요? 여보세요? 오송이 씨 핸드폰입니다."

"……."

"말씀하세요."

철민은 여전히 말이 없었다. 저쪽에서도 말이 없었다. 그러나 전화기를 닫지는 않았다. 뭔가를 짐작하고 있는 듯 했다. 전화기 너머엔 일상의 저녁 풍경인 텔레비전 소리가 섞여있었다. 철민은 한참만에야 겨우 입을 열었다.

"임철민입니다."

"…… 네에, 잘 계시죠? ……."

"……."

"……. 잠시만이요, 바꿔드리겠습니다."

잠시 뒤 송이의 목소리가 들려왔다.

"전화바꿨습니다."

"잘 있지?"

"네, 잘 있어요."

"나 지금 신촌의 그 네온들 밑에 있어."

"네."

"옛날일 생각나네. 당신이랑 그때 처음 만난 날 말야……
후후후…… 여관 찾아서 참 질기게도 돌아다녔잖아…… 그
치? 그 기억나지? 아마 지금처럼 초겨울이었지?"

"네."

"우리 말야, 여관·여인숙·호텔·모텔 숙박업소는 다 가봤
는데 안 가본 데가 있었라."

"……."

"민박집은 한 번도 안 가봤더라고……. 우리 언제 민박 한
번 가 볼래?"

"……."

"송이야 듣고 있니? 우리 민박 한 번 가 보자구."

"……."

"왜 거긴 가보지 않았을까?"

"……."

"……."

"……."

"근데 송이야, 너 왜 나한테 존댓말 쓰니? 응?"

"……."

한참만에야 송이의 음성이 들려왔다. 그녀는 음절을 매우 또박또박 끊어서 뱉어내었다.

"이것 보세요. 임철민 씨! 전 남편 있는 여자예요. 앞으로 이런 전화하지 말아요."

그리고 전화는 끊겼다. 남편 있는 여자란다. 그렇구나. 남편 있는 여자니까 이런 전화하면 안 되지, 라고 혼자 중얼거렸다. 철민은 시네마스코프 프레임의 창문을 열었다. 파도소리가 몰려왔다. 겨울의 바닷바람이 쏟아져 들어왔다. 차가운 바람은 그의 얼굴을 아프게 베었다. 순간 그의 눈에선 눈물이 주르륵 흘러내렸다. 손등으로 눈물을 훔치면서 그는 중얼거렸다.

"겨울바람 한 번 환장하게 춥네."